捨てられ従魔とゆる暮らし

SUTERARE JUMA TO YURUGURASHI

[著] KUZUME

[illust] 満水

RACTERS
サザンカ
ツバキの従魔。
主に似て面倒見が良い。
ツバキ
従魔の引き取り屋をやっているという噂がある、東国出身の従魔術師《テイマー》。困っている人を見捨てられない性格。
キナコ
アンコ
ヨモギ
毛玉猫
まんまるな猫型の従魔。
人なつっこい性格。
ラーハルト
従魔を一匹もテイムできず、冒険者パーティから追放された落ちこぼれ従魔術師《テイマー》。ツバキの家に押しかけ、弟子入りを志願する。

主な登場人物
MAIN CHA
シルビア
巷を騒がせる女盗賊。
何やらツバキと因縁があるようで……？
妖精兎
兎の体に妖精の羽が生えたような従魔。
鱗粉に毒がある。
ドライアド
植物型の従魔。自分の美に絶対の自信がある。
マシンガントークでラーハルト達を困らせがち。
アリオス
村一番の鍛冶屋。
普段はのんびりした性格だが、一度スイッチが入ると豹変する。

序章　運命と出会う何秒か前

商人、薬師、剣士、魔法使い、僧侶――

数ある職種の中で、魔物――時に人を襲い、生活を脅《おびや》かす恐ろしい獣――を使役するスペシャリストがいる。

冒険の相棒として、仕事の助手として、もしくは人生の友として。彼らは魔物と絆《きずな》を紡《つむ》ぐ特殊な術を身につけている。

従魔術《じゅうまじゅつ》と呼ばれるその魔法を修《おさ》めた彼らを、従魔術師《テイマー》と呼ぶ。

◆

クリノリン王国の南の田舎《いなか》地方。年間を通して穏《おだ》やかな気候と豊《ゆた》かな土壌《どじょう》で知られるルルビ村は、冒険者達の間では別名〝はじまりの村〟と呼ばれていた。

ルルビ村には、広大な薬草畑がそこかしこにあるために、初級冒険者向けの薬草採取のクエストが途切れない。また、村の周辺に出没する魔物が初級冒険者でも十分討伐可能なレベルばかりなのも、ルルビ村にその異名がつけられた理由の一つだった。

さて、そんなルルビ村の東の端。冒険者向けの宿や商店はおろか、民家もまばら。空き地や畑ばかりが広がる一角に、家がぽつんと建っている。

そして、他の民家とは一風変わったその家に続く、ルルビ村の外れのあぜ道を、トボトボと歩く切なげな後ろ姿が一つ。

青年はハアア、と時折ため息を吐きながら痛む四肢《しし》を引《ひ》き摺《ず》って歩く。

「今日もテイム成功しなかったし……パーティはクビだし……はぁ……」

心なしかヨレッとした服装の青年の頭上で、三《み》つ目烏《めからす》がカアと鳴いた。

瞬間。ぽとり、と頭頂部に感じる軽い違和感。

「……泣きそう」

帽子も何も装備していない青年の輝く金の髪に、白い糞《ふん》がぺちゃりと付着していた。

◆

時は少し遡《さかのぼ》る。田舎の村とはいえ、ガヤガヤ、ザワザワと騒《ざわ》めきの絶《た》えない冒険者ギルドの受付で、金髪の青年はズビズビと鼻を啜《すす》っていた。

「えーと……ラーハルトさん？　今回の成果をお聞きしても……？」

「うっ、ぐすっ……今回、もっ……成果っはっ……ないで……ぅっ……です……」

「パーティの皆様は……」

「ぅっ……クビにっ……なりっ、なりま、じだぁ……！」

「うーん……」

いつもは笑顔の眩《まぶ》しい受付のお姉さんも、綺麗《きれい》に整えられた眉尻を下げて困ったように頬《ほお》に片手を添える。

ラーハルトと呼ばれた青年と、彼の相手をしなければならない受付係の周囲は、悲愴《ひそう》な空気に包まれきっている。

いつもの光景となりつつあるそれを見て、ギルド内に併設された簡易食堂にいる他の従魔術師達は酒をあおりつつガハハと笑った。

「おーい！　ラーハルト！　お前いつまで従魔術師として冒険者やってんだ!?」

「冒険者ったって、役職は他にもあるだろ!?　剣士でも魔法使いでも、他の役職に登録し直してこいよ！」

「そうだぜ！　従魔のいない従魔術師なんて笑い話だ！」

一日の終わりにほろ酔いで頬を染めた従魔術師達が、やいのやいのとヤジを飛ばす。

「この町周辺に現れる魔物すらテイムできないなんて、お前にゃ従魔術師の才能がこれっぽっちもないんじゃねえのか！」

「……!!」

文字通り顔面蒼白になったラーハルトに、会心の一撃が突き刺さる。

ずっと嗚咽《おえつ》を漏《も》らし、立ち尽くしたままついに声もなくボロボロと大粒の涙をこぼし始めたラーハルト。

その様子を眺《なが》めていた受付係の頭に、ある人物の名が浮かぶ。彼女はあっ！　と声を上げてラーハルトの手を掴んだ。

「そうだ！　ラーハルトさん！　ここの東の外れに居を構えていらっしゃる従魔術師さんをご存じありませんか!?」

「ぐずっ……？」

受付係はにっと口角を持ち上げて口を開いた。

ここ数日の悩みの種だったこのやり取りからやっと解放される、と。

第一章　出会い

そして現在、ルルビ村の東の端にて。

「……で？　こんな時間にうちに押し掛けてきたってわけ？」

馴染《なじ》みのない、珍しい造りの家の門前。腕組みをしていかにも「不機嫌です」という態度の黒髪の女性――もとい、家主であるツバキを前に、ラーハルトはビクリと肩を揺らす。

見たところ、かなり歳下だろう女性相手に恐怖を感じる自分を恥じつつ、しかしもうここが最後の砦《とりで》だ……！　とラーハルトは意を決する。

「おそ、遅い時間にごめんね！　でも、冒険者ギルドの受付のお姉さんからここを紹介されて……！　俺、本当に今困ってて、それで……!!」

拳《こぶし》を握《にぎ》って力説するラーハルトに、腕組みをしているツバキは「はぁ」と深いため息を吐くと、腕組みを解いて家の中を指差す。

「色々と！　言いたいことはあるけど……とにかく、今はちょうど夕飯時なの。お腹を空かせた子達を待たせられないから、あんたも入って。どうせ話長いでしょ？　食べながら聞くから」

「え？」

ギロリ！　とラーハルトを一瞥《いちべつ》してから、ツバキは踵《きびす》を返して家の中へさっさと入っていく。

こちらを振り返らない背中を見ながらラーハルトはぼけっとしていたが、ツバキが消えていった先から漂《ただよ》う良い匂いに、腹をグウと鳴らした。

とりあえず自分のお腹の音に正直になろう……とラーハルトは慌ててその家の中に足を進めたのだった。


「う、うわあ……！」

これまた見たことのない横開きの扉を抜けた先、リビングだろうその部屋に広がる光景に、ラーハルトは感嘆の声を漏らした。

大きな机に所狭しと置かれた、湯気の立つ美味《おい》しそうな夕食の数々……は、さておき、部屋の中では多種多様な魔物達が寛《くつろ》いでいる。

「！」

グルル！　という大型魔物の鳴き声にハッとして声のした方に目をやれば、庭に続く扉の外には室内に入らない大きさの魔物達が待機している。

「え、えっ……!?　す、凄《すご》い！　この辺では絶対お目にかかれない上級魔物までいる！」

空腹も忘れ、興奮して駆け出そうとしたラーハルトだったが、何かが足にぶつかる。

『みゃあんっ！』

「っ⁉　う、うわっ！　ごめん！　気づかなかった！　ごめんね⁉　怪我はしてない⁉」

『みゃ〜ん……』

ラーハルトに蹴飛ばされかけた小さな猫のような魔物の毛玉猫《けだまねこ》が、恨《うら》めしそうな鳴き声を発して、その場に膝をついたラーハルトの顔面目掛けてぽふぽふと体当たりをする。

が、そこは小さな毛玉。鼻先をくすぐるだけの可愛《かわい》らしいそれに、ラーハルトは蹴飛ばしかけたことも忘れて「ふあふあぁ……」と恍惚《こうこつ》のため息をこぼす。

「ちょっと！　そんなところにうずくまってないでよ！」

「あっ、ご、ごめん！」

「毛玉共！　ご飯だよ！　誘惑してないでほら、こっちにおいで〜」

『みゃん！　みゃあ〜ん！』

「あっ……」

小鉢を沢山載《の》せたトレイを持ってツバキが現れると、毛玉猫達は一匹残らず彼女のもとに駆けていく。

幸せのふわふわから突如引き離されたラーハルトは残念そうな声を上げたが、忙しそうにくるくると動き回っているツバキを目にしてハッとした。

「あの！　手伝うよ！　俺、一応従魔術師だから……その、餌《えさ》やりの方法とか知ってるし……」

「あっ、じゃあ庭の子達お願い！　肉食の子達はもう終わってて、あとはそこにいる草食の子達の

だけだから！」

「う、うん！」

毛玉の群れから脱し、ウルフ種と呼ばれる狼に似た中型魔物に餌をやっているツバキから飛んできたお願いに、ラーハルトはウキウキと湧き立つ心を感じながら庭へ出た。

そして、既に用意されていた草食魔物用の干草を定位置だろう場所へ運ぶ。

「水もおねがーい！」と背後から追加で飛んできた声に、ラーハルトもいつになく大きな声で返事をすると、綺麗に洗って置いてあった桶《おけ》を持って水道に近寄った。

ふと、水が桶に溜まるのを待っているラーハルトの目にブラシが映《うつ》り込《こ》む。思わず手に取って見ると、よく使い込まれていることが分かった。

このブラシを使っている人物を思い浮かべて、そして使っている光景を想像して、ラーハルトの頬が弛《ゆる》む。

（きっと、すごく良い人なんだろうな。ちょっと怖いって思っちゃったけど）

その後すぐに「人間のごはん‼」と響いたツバキの大声を聞き、ラーハルトは急いで桶を水で一杯にすると再び庭の扉から家の中へと駆け戻っていった。

口一杯に頬張った温かな夕食をもぐもぐと咀嚼《そしゃく》する。美味しい……と不覚にも涙腺《るいせん》が緩んだところで、前に座ったツバキの視線に気づいたラーハルトは、慌てて口の中に残ったご飯を飲み込む。

「んぐうっ！　もぐっ……んー！」

「ちょっと！　そんな慌てなくていいから！　ゆっくり噛んで食べる！」

「……っ！　っく。う、うん。ごめんね、突然押し掛けて、夕食までご馳走《ちそう》になっちゃって……」

「それはもう聞いた」

ちゃっかりお碗《わん》に盛られたご飯をおかわりしていたラーハルトが、握りしめたフォークはそのまま

まに、居住まいを正して自己紹介をする。

「えっと、改めて……俺はラーハルト。従魔術師で、冒険者ギルドにも冒険者として登録してる」

「……私のことをどう聞いているか知らないけど、私はツバキ。私も冒険者ギルドに登録している
職業冒険者の従魔術師だよ」

「えっ⁉　君、冒険者なの⁉」

「なんだと思ってたわけ？　従魔園でも経営してると思った？」

〝職業冒険者の従魔術師〟。

従魔術師といえども、一概にその全てが冒険者とは限らない。中にはそれぞれの従魔の特性を用いて、農業や建設などの力仕事や、運送業を営んだりしている者もいる。

家を見せてから自己紹介をするとよく返されるその反応に、ツバキは頬杖をついて、はあとため息を吐く。

「いいけど。もうその反応されるの慣れたよ」

「あ、ごめん！　冒険者やってる従魔術師ってもっとこう、イカついイメージあって……て、あー……ごめん。これも偏見だよね」

「いいよ。どうせ冒険者ギルドの受付嬢に従魔の引き取り屋って聞いてきたんでしょ？　で？　だれを無責任に放り出すわけ？」

「え？」

「なに」

「放り出す？」

「……」

噛み合わない会話に沈黙が落ちる。と、突然第三者の声が部屋に入ってきた。

『おーい、ツバキ～。門のところに置いてあったぜ』

と、真白い毛を持つ大きな犬型の魔物が、口に籠を咥《くわ》えてのっしのっしと部屋の中央まで進むと、その籠をぽすり、とツバキの膝の上に置く。

「ちょっと、なによこれ」

『いつもの』

「……はっ⁉」

ツバキが素《す》っ頓狂《とんきょう》な声を出す横で、ラーハルトは目を見開いた。

「……えっ？　ええええっ⁉　グレートウルフ……いや、まさか、フェフェフェフェフェ……⁉」

『おっ？　なんだこいつ』

『ピイイーッ、ピイッ』

「あっ！　やだ！　孵化《ふか》したばっかの雛《ひな》を置いていきやがったな!?　母鳥はっ!?」

犬型の魔物に話しかけられ固まっていたラーハルトは、可愛らしい雛の鳴き声とツバキの怒声を聞いて、ますます驚愕する。

「あえお、おあっ!?　えっ!?　三つ目鳥の雛っ!?」

額にある三つめの瞳もまだ開いていない、鳥に似た魔獣の雛が、親を探して鳴いている。

「ちょっとサザンカ!!　この子置いてったクソ野郎まだ近くにいる!?」

『まだ近くをうろついてるな。匂いがする』

「捕まえてこい！」

『ピイィ、ピッピッ！』

「？？？？？？？？？」

一瞬にしてカオスと化したツバキの家で、ラーハルトの疑問に答えてくれる者はいなかった。

サザンカに首根っこを咥えられ引き摺られてきた不届き者に、ツバキが特大の雷を落とした後。

ツバキはピィピィと鳴き続ける雛を膝《ひざ》に載せ、唖然《あぜん》としているラーハルトに改めて向き合っていた。

「まったく……この国の従魔術師のマナーとか責任感、どうなってんのよ」

三つ目烏の雛のまだ小さな嘴《くちばし》を撫《な》でながら、ツバキは独《ひと》り言《ご》ちる。放置していった従魔術師にはきっちりとお灸《きゅう》を据えたが、結局雛は預かることになった。

「あー、ラーハルト……だっけ。なんでか知らないけど、冒険者ギルドに飼育しきれなくなった従魔の引き取り屋、って思われてるの、私」

「……はぁ」

「そんな看板掲げたことないんだけどね。で、こうやって勘違いしたクソ従魔術師が勝手に従魔を置いてっちゃうのよ」

「……はぁ」

「だからてっきり、あなたもそういう類《たぐ》いかと思ったんだけど……違うの？」

「……はぁ」

『……おい、小僧！　はぁはぁはぁはぁ生返事ばっかりしやがって、聞いてんのかっ⁉』

「……はぁ……はっ⁉」

諸々《もろもろ》の衝撃で飛んでいたラーハルトの意識が、床に伏せっていたサザンカの一喝《いっかつ》で帰ってくる。

「はぇぅ、ああ、あの！　冒険者ギルドの受付さんから、確かにここに来れば俺の悩みも解決するかも、とは聞いてきたけど……その、従魔の引き取り、ではなくて……」

ちらっちらっとサザンカへ落ち着かなさげに視線を寄越すラーハルトに、ツバキは嘆息《たんそく》する。

「ちなみにサザンカはフェンリルじゃないよ」

「えっ!?　でも」

「なんなのかな～！　ここの人達って本当にサザンカ見るとおんなじ反応するんだけど、本当にフェンリルじゃない！」

「ええええ!?　でも、こんな大きくて立派な体躯で、人語も解するような知能のある狼型の魔物なんて、考えられるのは伝説級のフェンリルくらいしか……!?」

「そもそもサザンカはウルフ型の魔物でもないよ!?」

「は!?」

「サザンカは、厳密に言うと犬型なの!!　わんちゃん!!」

「はあ!?　わ、わんちゃん!?」

『おいこら、わんちゃんって言うんじゃねえ！　お犬様と呼べぃ』

三者三様の叫《さけ》びを聞き、お腹が満たされツバキの膝の上でこっくりこっくり船を漕《こ》ぎ出していた雛が驚いたようにピイイ！　と鳴く。

「い、犬型って……精々が仔山羊《こやぎ》くらいの大きさの魔物しかいないんじゃ……それも大体が愛玩用で、冒険者の従魔向きじゃないいんでしょ？」

「え？　私もまだここの魔物全てを知り尽くしているわけじゃないから、なんとも言えないけど……少なくとも私の故郷では、サザンカくらいの大きさの大型の犬型魔物は普通にいたよ」

「ここ？　故郷？　そういえばこの家も珍しい造りだけど……もしかしてツバキって違う国から来

たの？」

「あー、うん。東の方のすっごい田舎から……まぁ、それはさておきだよ。で！　結局ラーハルトは何しにうちに来たわけ？　悩みってなによ。私はお悩み相談屋でもないいつもりなんだけど」

我関せずと欠伸《あくび》をしているサザンカを、まだ納得がいかないようにじろじろと見つめるラーハルトだったが、ツバキからの質問にここへやってきた当初の目的を思い出す。

ラーハルトは何やら言いにくそうにまごついてから、へにょっと太い眉尻を下げる。

「実は……俺、従魔術師なんだけど、全っ然、まったく。魔物をテイムできないんだ……」

ラーハルトの告白に対し、ツバキは何か言おうとして口を開き、そして閉じる。

「そんなことは従魔術の師匠か学校にでも行って相談してこい」と言おうとして、けれどラーハルトのなんとも言えない悲愴感漂うその表情に、言葉を飲み込んだのだ。

「……それで？」

「うっ、それで……それで、冒険者ギルドの受付さんが、ここでは従魔を譲《ゆず》ってくれるかもって言っていた、んだけど……」

「……あなたは私に、ここにいる従魔を譲ってほしいわけ？」

「うっ……その……」

煮え切らない態度のラーハルトに、ツバキは隠しもせずに大きなため息を吐く。

「まぁ、餌やりを手伝ってもらったし。話くらいは聞いてあげる」

ツバキの口から出たその言葉を聞き、サザンカは内心で、それが便利屋だの相談屋だの思われる所以《ゆえん》だ、と目を閉じたまま耳だけを動かしながら思った。

ダイニングから出ていくツバキの背を追って、ラーハルトは不思議な床の、けれどもどこか落ち着く雰囲気の一室へとやってきた。

「草？　を編《あ》んでいるのか……？」

その不思議な床の部屋にも、やはり寛いでいる複数の魔物達がいる。まだ若そうなのに、ツバキという少女は随分優秀な従魔術師なのだな、と実感すると同時に、劣等感を覚えたラーハルトは視線を下に落とす。

「で、魔物をテイムできないって、あなた従魔術の勉強は？」

ツバキの問いかけに、ラーハルトはハッとして顔を上げた。

机に置かれたカップには、薄緑色のお茶が揺れている。

カップに触れると伝わるその温かさに、ラーハルトの緊張が少し緩《ゆる》んだ。

「あ、お茶ありがと……従魔術については、首都の魔術学校できちんと従魔術コースを修めたよ」

「ふぅん。あなたの知識がないとか、レベルが足りないとかでもないのね？」

「うん……卒業後は、従魔術師の冒険者パーティに加入して下働きしながら、機会がある度《たび》に魔物をテイムしようとしていたんだけど……毎回、成功しなくて……それで、そのパーティもクビになっちゃって……」

「……」

ラーハルトの話を聞いてしばらく考え込んだツバキがタンッ！　と良い音をたてて自身のカップを卓の上に置く。そしてその音に驚いたラーハルトの腕を掴むと、グイッと力任せに引っ張り立たせた。

「よしっ！　じゃあ一回やってみせてよ！」

「え……えっ⁉」

「私も別にS級従魔術師！　とかってわけじゃないけど、もしかしたら何かアドバイスできるかもしれないしさ」

「それ、は、嬉しいけど……今からっ⁉」

「あなたさっきうちの庭見たでしょ。色んな魔物がいるから。もしかしたら相性の問題かもしれないし。さっ！　とにかく試してみるべき！」

「ええええ⁉」

ツバキは渋《しぶ》るラーハルトの腕をグイグイと引き、すっかり陽が落ちて静かになった庭へと出る。

昇《のぼ》る月は少し欠けているが、雲一つない空の下、月明かりがほのかに辺りを照らしている。

「ちなみに、テイムを試してみたことのある魔物の種類は？」

「えっと、妖精兎《ようせいうさぎ》、グレートウルフ、ケルピーに……極彩鳥《ごくさいちょう》と……オーガも……」

「動物型が多いんだね。なにかこだわりがあるの？」

「いや、そういうわけじゃ……ただ、冒険者だから、強い魔物をテイムしたくて」

「うーん……じゃあ、とりあえずうちにいる妖精兎をテイムしてみて。それでその後に毛玉猫にチャレンジしてみよう」

「う、うん……」

ラーハルトが緊張のあまり両の拳を体の横で握り締めている間に、ツバキは指を咥えて甲高《かんだか》い音を鳴らす。

すると少しの後、近くの草むらからガサガサと音がして、キラキラ輝く蝶のような小さな翼《つばさ》を頭に生やした、兎に似た魔物が三匹ひょっこりと頭を出した。

『キ？　キ？』

『キーッ！』

「おーよしよし」

「おお……」

どうしたらその小さな翼で自重を支えられているのか原理は不明だが、極々最小限の羽ばたきだけでヒュンヒュンと素早く低空を飛び回る妖精兎達。彼らは嬉しそうにツバキの周囲に光る鱗粉《りんぷん》を振りまいた。

「よっし。じゃ、まずは妖精兎についてどれくらい知ってるか聞かせて？」

「へ？」

さあ、いざ実践――！　と振り上げたラーハルトの拳がスカッと空気を無駄に掻《か》き回して落ちる。

「よ、妖精兎について？」

「そうだよ。テイムするにあたって彼らの情報を知っていないと。どうテイムするか、何よりテイムした後、彼らをどう飼育していくのか分からないんじゃ困るでしょ？」

正論過ぎて考えもしていなかったツバキの指摘に、言われてみればそれもそうか、とラーハルトはうんうんと頷くと、脳内の魔物事典をひっくり返す。

「ええと、妖精兎、妖精兎……兎に似た小型の飛行型魔物。妖精の粉のようにキラキラとした鱗粉を振《ふ》り撒《ま》くことからその名がついた……可愛い見た目に反して、その鱗粉には軽度の麻痺《まひ》状態を与える毒があり、攻撃性は強い……が、魔物レベルは低く、雑食で、初級の従魔術師に推奨《すいしょう》されている……だったかな」

「うんうん。従魔術についてきちんと勉強したっていうのは嘘《うそ》じゃないみたいだね。よし、じゃ、レッツテイム」

「うえっ⁉　もう⁉」

「もうって、妖精兎についての知識は十分だよ。あとは実技実技」

「うっ……！　や、やるぞ……！」

気合いを入れ直したラーハルトが改めてぐっと拳を握る。

そして腰のポーチに手を伸ばすと、そこから黒くしなる鞭《むち》を取り出し構える。

「まずは、対象の魔物の、体力を削《けず》るっ！」

ラーハルトの腕の動きに合わせて放たれた鞭がビュン！　と風を切って一直線に妖精兎の翼に向かう。

けれど。

「ちょっ……と、待て!!」

「!?」

鞭の先に突如割って入る小さな体躯。妖精兎の前に体を滑《すべ》り込《こ》ませたツバキの片手がしなる鞭を掴み、そのまま器用に腕に鞭を絡《から》め威力を殺す。

「ちょちょちょ、何やってるの!?　あぶな――っ」

「何やってるのはこっちのセリフだから!!　なんでいきなり攻撃してんの!?」

「え、え!?」

ツバキもラーハルトも、お互いに目を白黒させながら荒い息を吐く。

「まずは相性の確認！　そっからテイムできそうかの判断！　でしょ!?」

「そ、そりゃ教科書にはそう書いてあるけど……っ、普通、学生でもないのに一々そんなことやらないよね？　魔物の体力を削って、消耗《しょうもう》したところに従魔術を使った方が確実にテイムできる！」

「はあぁぁぁ!?　それじゃ誘拐《ゆうかい》じゃん!!　あなた従魔にされる魔物の気持ち考えたことあるの!?」

「!!」

ツバキの叫ぶような一言に、ラーハルトははっと息を呑《の》む。

確かに授業では、自分の魔力を放ちテイム対象の魔物との相性を確認してからテイムする、という方法を学んだ。だが、一歩学校の外へ出れば、それは所詮《しょせん》学生従魔術にすぎないと言われてしまう。

職業として従魔術師を選べば、一匹一匹のテイムに毎回時間をかけることはできない。

仕事の目的に応じた能力を持つ魔物、また従魔術師としてのランクアップを狙《ねら》うのであれば、とにかくより強い個体をテイムする必要がある。そのため、時間をかけずに体力をギリギリまで削り、強制的に従魔としてしまう従魔術師がほとんどだった。

「……俺だって分かってる。本当はこんなやり方良くないって……でも！　仕事としてやっていくには、周りのやり方に合わせないと!!」

「それで!?　今までそのやり方で一匹でもテイムできたの!?」

「！　それは……その……」

「……あなただって、そんなやり方は嫌だって思っているから、テイムできないんじゃないの？」

「……」

ツバキの言葉を聞き、ラーハルトの瞳《ひとみ》に涙が滲《にじ》む。

そしてそれから間を置かず、今後はぐずぐずと鼻を鳴らす音が聞こえてきた。

「……俺、俺っ……祖母《ばあ》ちゃんがっ、従魔術師で……ひっ、ずっと、小さい頃かっ、ら……っ！　祖母ちゃ、の、従魔が生活をたす、助けて、くれてて……！」

「うん……」

「俺も、祖母ちゃんみたっいに、従魔と、家族みたいな……！　従魔術師、に……うっ、なりたっ、くて……でも、でもぉ！　……っひぐ、うっ、うあああん……！」

ついにはボロボロと大粒の涙をこぼして嗚咽し始めたラーハルトの背を、ツバキはぽんぽんと叩いてやる。

いつの間にか二人の近くまで近づいてきていた妖精兎達も、オロオロと周囲を飛び回っていた。吸い込めば指先が痺《しび》れる、キラキラと輝《かがや》く苦い鱗粉を振り撒きながら。


結局、泣き疲れてほとんど気絶するように寝落ちしてしまったラーハルトの大きな体を、ツバキは庭に出てきたサザンカに手伝ってもらって客室の布団の上に転がす。

まだ涙の跡の乾《かわ》いていないラーハルトの顔を一度見つめてから、ツバキは静かに客室を後にした。

自室へと歩みを進めながら、ツバキは傍《かたわ》らのサザンカにぽつりと呟《つぶや》くように話しかける。

「なんだかこの国の従魔術師って、私が思っているのとちょっと違うみたい」

『まぁ、少なくとも従魔と仲良しこよしってわけじゃねぇみてぇだな』

ツバキは自室に辿り着き布団を床に敷《し》くと、既に穏やかな寝息をたてている三つ目烏の雛の籠を枕元にそっと移動させる。

「……やけに従魔をうちに放置していく従魔術師が多い理由が、分かった気がする。最初はよそ者の私に対する嫌がらせかな、とも思ってたんだけど」

『お前あんまり積極的に村に関わってねえしな。それどころか、ギルドの依頼も最低限しか受けてねえし』

「いいじゃん。私は別に伝説の冒険者とかそういうの目指してないし」

おかしそうに喉《のど》を鳴らすサザンカが、定位置であるふかふかのクッションへと身を沈める。

ツバキも布団をめくると、寝巻きに着替えた体をそこに滑り込ませる。

「……ねえ、サザンカ。どこの国にも、その国なりの問題ってあるんだね」

『あ？　そりゃそうだろ』

「うん……おやすみ」

『……ああ、おやすみ』

庭からは、夜行性の魔物の鳴き声や生活音がしている。

それらを子守唄にして、ツバキは目を閉じた。

◆

まだ朝の気配のない真夜中。

知らない匂いのする温かな布団にくるまれて、ラーハルトは重たい瞼《まぶた》を押し開き天井をぼうっと見つめていた。

何もないはずの天井に、キラキラと鱗粉が舞っている気がする。

「……ばあちゃんみたいな、ていまー」

淡《あわ》い月明かりの下で、キラキラと。妖精兎達が周囲を飛んでいたあの光景を、なぜかこの先ずっと忘れないだろうなと思った。

「……っ！」

またじんわりと滲んできた涙を、ラーハルトはぐっと目を閉じることでやり過ごした。

◆

「おはようっ‼」

「⁉」

昨夜の静けさはどこへやら、ぎゃあぎゃあ五月蝿《うるさ》いリビングに、ラーハルトのやけに大きく元気な挨拶が響く。

従魔達へ朝食をやっていたツバキは目を見開いて静止する。

「あの！　師匠！　手伝わせてください！」

「……は？　師匠？　ていうか、なんでいきなり口調が敬語に……」

「庭にいる魔物達の餌ってまだっすよね⁉　俺やってきます！」

「まだ、だけど……何、急に？」

まだ腫《は》れぼったい目をしたまま、でもどこかスッキリとした表情のラーハルトは、ツバキの前を駆け抜け庭へと勢いよく走り出ていく。

ツバキがそれをぽかんと見送っていると、昨夜のように干草を腕一杯に抱えたラーハルトが振り返り、ニッと白い歯を見せて満面の笑みを浮かべた。

「ツバキ師匠！　俺を弟子にしてください！　俺、あなたのもとでもう一度、一から従魔術について学びたいんです‼」

「はぁっ⁉」

『お？　押しかけ弟子ってやつか？』

リビングにやってきたサザンカが口を挟む。

「は⁉」

「あっ、俺この村の人間じゃないんで、住み込みでお願いしますっ！」

「待て待て待て！　勝手に話を進めるな‼」

「……うっ！　俺、俺……もう頼れる人が師匠しか……あっ、ごめんなさい、ツバキさん……っ」

『あーあー、おいおい、泣かすなよ、ツバキよぉ』

「うっ」

さめざめと泣いてみせるラーハルトと、なぜかラーハルトの肩を持つサザンカ。二組の目がツバキをじっと見つめる。

「ツバキさん……っ」

『ツバキ？』

「うっ、ぐっ！」

じっと見つめてくる二対の目に、ツバキの気持ちが流され……かけた、その時。

ドンドンドン！　と強く戸が叩かれる音が響いた。

「は、はーいっ！　今行く今行く！」

「あっ！　ちょっ……ツバキさーんっ!?」

『逃げたな』

チャンス！　とばかりに、ツバキは玄関まで走った。


「は、はーい。お待たせしました――」

「助けてくださいっ!!」

「ぅわっとおっ！　はいっ!?」

ツバキが扉を開けた途端、何者かが突進する勢いで飛び込んできた。その人物は、手にした籠をズズイッ！　とツバキの眼前に突き出し叫ぶ。

「ここって、ツバキって方がやってる従魔の引き取り屋なんすよねっ⁉」

「はっ⁉　いや……！」

「お願いしまっす！　こいつらを引き取ってください‼」

「は、はぁ⁉　いきなりなんなの⁉　ていうかアンタ誰⁉」

ツバキが目の前に突き出された籠の中を覗《のぞ》けば、そこには積まれた毛糸玉……ではなく、みゃあんと弱々しく鳴く毛玉。

「毛玉猫⁉」

「いや、彼女が可愛い魔物飼いたいっつーから毛玉猫飼ったんすけど、なんか勝手に増えちゃって……ぶっちゃけ、これ以上面倒見きれないな～って困ってたら、従魔術師ギルドの受付のねーさんにここ教えてもらって！」

「……」

「飼いきれない従魔をタダで引き取ってくれるんすよね？　ざ～っす！」

「…………」

いや～解決解決！　と、男がヘラヘラと笑っていたのも束の間。反応のないツバキの顔を見て男は「ヒッ！」と引きつった声を漏らした。

「あ、ん、た、ねぇぇぇぇ……」

般若《はんにゃ》のごとき恐ろしい形相をしたツバキがキレた。

「飼うなら責任を持って飼えっ!! それから！ うちは！ 従魔の引き取り屋じゃなあああいっ!!」

「ひぃぃぃぃっ!?」

ツバキの怒りの鉄拳が男の頬に炸裂《さくれつ》した。


「ったく、ありえんわ、あいつ……」

毛玉猫の入った籠を大事に抱え、居間へと戻ってきたツバキは深いため息を吐く。

『おー、なんだった？』

「ツバキ師匠っ、お茶淹《い》れましたっ」

「師匠じゃないけどお茶はありがと。飼いきれないって毛玉猫置いていきやがった」

『毛玉猫ぉ？ ついこの前も毛玉猫を置いてった奴がいなかったか？』

「う、わあ……これって毛玉猫の子供ですか？ 俺、幼体は見るの初めてですツバキ師匠っ！」

「うん、師匠じゃない。毛玉猫って従魔契約しやすいし、安易《あんい》にテイムしちゃう人が多いけど、繁《はん》殖力《しょくりょく》が強いから、ちゃんと気をつけてないと、どんどん増えて手に負えなくなるの知らないのかな……」

「へぇ～、勉強になります。ツバキ師匠！」

「……」

『……お前意外とガッツあるな』

「えへっ、それほどでもぉ」

「嫌味だって気づいてくれる？」

「あっ、朝ごはんが冷めちゃいますよ！　ツバキ師匠！　ついでに毛玉猫の幼体の餌ってどうするか教えてください！」

　弟子入りを断るツバキの言葉を、のらりくらりとかわすラーハルト。ツバキは再々度反論しようとしてぐっと言葉を飲み込む。

　ツバキと、そして籠の中の毛玉猫のお腹がぐぅ～と鳴った。


「ところで、ツバキ師匠。ここって本当に従魔の引き取り屋とかじゃないんですか？　あ、ごはんのおかわりよそいますか？」

　サザンカと毛玉猫の幼体に挟まれたツバキの前で、ラーハルトが口を開く。

「引き取り屋なんて名乗ったことも、看板出したこともないわよ。おかわりも要《い》らないし、師匠じゃない」

「え～？　変だなぁ……従魔術師ギルドでは、ここは従魔に関する便利屋だって聞いたんですけど……あっ、ツバキ師匠！　毛玉猫がミルク舐《な》めましたっ！　うわっ、可愛い……！」

「ギルドの奴……！　ちっ、最初にちょっと手助けしなければ良かった……！　それから！　師匠じゃない!!」

「手助けって……何したんですか？」

ツバキは黙り込んで自分のごはんを口に含み、毛玉猫の幼体に餌をやり始めた。代わりにサザンカが口を開く。

『最初にここに越してきた時な、ギルドに挨拶《あいさつ》しに行ったら契約者を亡《な》くした従魔が暴れててよぉ、見かねたツバキが一時保護を買って出たんだよ。そしたらそれからこっち、従魔関連で何かある度に頼られるようになっちまってな』

「へえ～え」

『お人好しなんだよ、こいつ。だからお前も本当に弟子入りしたいなら、もっと悲愴感出してねばれ。こいつ《こいつ》の情に訴《うった》えかけるんだ』

「なるほどっ！」

からかうようなサザンカと、笑みを浮かべるラーハルトの様子に、ツバキが机を拳で叩く。

「なるほどじゃない！　サザンカ！　あんたも面白がらない！　これ以上の面倒ごとはいらないの！」

「ツバキ師匠……っ！　俺っ、ツバキ師匠にまで見放されたら、これ以上はもうどこにも行くあてが……っ！」

『ツバキよぉ、義理人情忘れたら、人間、それまでなんじゃねえのか……？』

「その下手な芝居《しばい》をやっめってっ！」

真剣なラーハルトに、面白がるサザンカ。いい加減にしろ、と大声を出そうとツバキがすう、と息を大きく吸い――

「すみまっせ――――んんん!!　従魔引き取り屋さーんっ！　狂暴《きょうぼう》で飼いきれないウルフの引き取りお願いしまーすっ!!」

「『!?』」

玄関口から響く大声に全員が肩を揺らす。

『バウバウバウッ!!』

「うわっ！　やめっ……うわーっ！　ちょっと引き取り屋ぁ！　ここに置いてくから、あとよろしくーっ!!」

「……は、はあっ!?」

外から一方的に叫ぶだけ叫び、姿さえ見せずに走り去る誰かの音を聞き、誰よりも早く我に返ったツバキが慌てて玄関へと再び急ぐ。

「待て待て待て！　自分の従魔置いてくって、何考えて……こらああああ!!」

外から聞こえてくるツバキの怒鳴り声と、誰かの悲鳴と、ウルフと思われる魔物の吠え声。

嵐のような状況に、ラーハルトは隣に寝そべったままのサザンカと目を合わせる。

「……ここ、本当に従魔の引き取り屋ではないんだよね？」

『ああ』

「……こういうの、もしかして日常茶飯事《にちじょうさはんじ》？」

『ああ』

静かなサザンカの返事に、ラーハルトはぎゅっと拳を握る。

「……自分の従魔を、あんなに簡単に捨てちゃう従魔術師っているんだな。信じられない……」

「ほんっとに、その通りよ！」

ぽつり、と呟いたラーハルトに返したのはサザンカではなく、いつの間にか戻ってきていたツバキだった。

「まじでどうなってんのよ、この国の従魔術師は！　従魔契約したのなら、最期まで責任を持てっての！」

「ツバキさん……」

ジャラジャラと鎖《くさり》のこすれる重たい音が鳴る。

音のした方、ツバキの横にいるのは、錆《さ》びついた大きな鎖を首元に何重にも巻かれた狼型魔物。

「えっ、その魔物は？」

「さっき外から叫んできたふざけた野郎が置いてったのよ……突然、元の生息域でもなんでもない場所に放置できないでしょ。だから……」

『そーやって、結局受け入れちまうから、従魔引き取り屋なんて勘違いされんじゃねえのか？』

「だって、そのままにはできないでしょ⁉」

呆れたようなサザンカと、憤慨《ふんがい》するツバキの顔を交互に見て、ラーハルトが口を開く。

「あの……そういうことなら、いっそ正式にワケあり従魔の引き取り……保護するような施設を作った方が良いんじゃないですか？」

「え？」

『あ？　なんでだよ』

「いや、きちんとルールなんかを決めた方がこちらの負担も減るだろうし……例えば、ギルドに正式に申請すれば、今みたいなルール無視の非常識な従魔術師を訴えたり、罰《ばつ》を与えたりすることもできると思うんですよね」

ラーハルトの説明を聞き、ツバキとサザンカは納得したように頷く。

「なるほど……それは、一理あるかも……」

「あとついでに、俺をスタッフ兼弟子としていただければ……」

もみ手をするラーハルトを無視して、ツバキは何やらぶつぶつ呟き始めた。

「うん……自分の従魔を無責任に置いていく奴らをむやみにしばくより、そっちの方が結局効果的かも」

『おっ、なんだなんだ、まじでやる気かよ？』

「えっと、あの、弟子……」

突然ツバキが拳を天に突き上げる。

「ぃよっし！　そうと決まれば！　思い立ったが吉日よ！　サザンカ！　ギルドに行こうっ！」

『施設名なんかは、どうすんだ？』

「ちょっと！　その案出したの俺ですよ!?　弟子……っ」

「うーん……引き取り屋、はなんか嫌だし……保護施設……も安直か……」

再び考え込み始めたツバキを見て、サザンカが口を開く。

『便利屋は？』

「便利屋じゃないっての」

「弟子っ！　弟子について、あのっ！」

周囲をくるくると回るラーハルトを意に介さず、うんうんと唸《うな》っていたツバキがぽん！　と一つ手を叩く。

「引き取り屋でもない、便利屋でもない。そうっ！　ふざけた従魔術師をしばく間に一時的に預かる……従魔の預《あず》かり処《どころ》ってのは、どう!?」

第二章　活動資金を手に入れろ！

ツバキの家に、正式にワケあり従魔の預かり処の看板を出してからひと月。

預かり処立ち上げのドタバタにまぎれ、気づけばラーハルトは預かり処のスタッフ兼ツバキの押しかけ弟子に落ち着いていた。

一日、二日、一週間……と居座っているうちに、結局折れたのはツバキだった。

押しかけとはいえ、弟子は弟子。

こうなったら一から全て叩き込んでやる、というか面倒ごとは全て投げてやるというのがツバキの考えの半分以上だったが、ツバキ達は慌ただしくも楽しい毎日を過ごしていた。

「――先立つものが！　足りない！」

楽しいはずの毎日に、ツバキの雄叫《おたけ》びが響き渡る。

「……さ、先立つもの、ですか？」

ラーハルトはキーン……と響く耳鳴りを感じつつパチパチと瞬きをした。

庭で炎馬《えんば》のブラッシングをしていた彼は、器用に頭の上に三つ目烏の雛を載せたまま、干草を掻き集めるツバキを見やる。

「冒険者ギルドに、従魔の預かり処やりますって言ってからさ……正直、こんなに従魔を預けにやってくる従魔術師がいるとは思わなかったんだよね……」

「というと？」

「……圧倒的に資金不足!!」

「まあ……増えましたね……従魔……」

ラーハルトは庭を見渡して、あ～……とこぼす。

「完っ全に想定外なんだけど！　ルルビ村以外からも来てるよねこれ!?」

「う、うーん……正直、職業従魔術師はとにかく大量にテイムしますから……実際問題、首都の方でも従魔術師が勝手にそこかしこに飼育しきれなくなった従魔を放置してるらしくて、結構な問題になっているみたいですよ」

実際に首都の魔術学校で従魔術を学び、一時とはいえ従魔術師の冒険者パーティに加入し、従魔達の置かれた環境を目にしてきたラーハルトの表情は苦々しく歪《ゆが》む。

「引き取りたいって依頼も来るには来るけど……圧倒的に預けられる魔物の数が多い……純粋に食費がやばい……」

うーん、うーんと眉間に皺《しわ》を寄せ、頭を抱えたツバキが嫌々口を開く。

と、同時にツバキの頭上の三つ目烏の雛がタイミング良くピ！　と鳴いた。まるで問題解決の電球が灯《とも》ったように。

「仕方ない。ここは本業やって活動資金を得よう」

「本業？」

コテン、と成人男性がやるには随分と可愛らしく小首を傾げたラーハルトに、思わずツバキはツッコむ。

「あんたも私も、冒険者ギルドに登録している冒険者でしょうが！　依頼！　ギルドの依頼を受けるわよ!!」

「……あっ」

側から見るとまるでコントのような二人のやり取りに、家の縁側でうつらうつらと微睡《まどろ》んでいたサザンカが、呆れたように「わふぅ」と欠伸を一つこぼした。

まだ昼前だが、ガヤガヤと騒がしく熱気に溢れた冒険者ギルド内。依頼書でびっしり埋《う》まった掲示板を前に、ツバキはぴょんぴょんと一生懸命跳《は》ねていた。

「み、見えない……！」

成人しているとはいえ、女性の平均身長を大きく下回るツバキには、掲示板の前の人垣が字の如くまるで大きな生垣のように見えた。

これはもう良い条件の依頼は諦めて、人が減ってから掲示板を見るか……と諦めかけていたところで、ツバキの脇の下にひょっと大きな掌《てのひら》が差し込まれる。

「失礼、ツバキ師匠。これで見えます？」

「……」

擬音にするならば、ぷらーん、だろうか。

後ろからツバキの脇の下に手を差し込み持ち上げたラーハルトが、悪気なくにこにこと問う。

「……あんたさ、まだ私のこと子供か何かだと思ってる？」

「えっ⁉　あ、すみません……！　つい……！」

ツバキのその一言に、彼女の年齢を思い出し、ラーハルトは慌ててツバキを下ろす。

脇の下に手を入れ、その体を持ち上げる行為は、とても成人した女性相手にすることではなかったと気づき、ラーハルトは自身の鈍《にぶ》さに頬を染めた。

余談だが、自分よりもずっと幼い少女だと思っていたツバキが、実はラーハルトよりもいくつか歳上だと知った時の彼の驚愕ぶりは、大層笑いを誘うものだった、とはサザンカの言である。

「はぁ……小さいし童顔だけどね、私はもう成人したレディなんだからね！　突然持ち上げたりしないで！」

「すっ、すみません！　師匠！」

「……私の代わりに掲示板を見てきてくれたら許す」

「はいっ！　今すぐっ‼」

人垣の中に消えていったラーハルトを見送ってから、ツバキはギルド内に設置されている椅子によいしょ、と腰掛ける。

　座ると床からちょっぴり浮く自身のつま先に、ツバキは思わず舌打ちをした。

「師匠ーっ！　これとか、これなんてどうですか⁉」

　若干《じゃっかん》先ほどよりも服のヨレたラーハルトが、数枚の依頼書を手にツバキのもとへ駆け戻ってくる。

　その姿がまるで訓練中のグレートウルフに見えて、ツバキは尖《とが》らせていた唇《くちびる》を緩ませふっと笑う。

「んー、どれどれ……」

　が、ラーハルトの持ってきた依頼書を見て、持ち上がっていたツバキの頬が重力に従い下がる。

「あんたね……ゴブリンの村丸ごと討伐だとか、飛龍《ひりゅう》の捕獲だとか……！　私達に達成できるわけないでしょうがっ⁉」

　ギルド内にツバキの雷が落ちた。


　ラーハルトがもぎ取ってきた、到底達成不可能な高難易度の依頼書は掲示板に返却された。

　大人しく人垣がはけるのを待った結果、残っていたのは手間が掛かり、面倒くさく、そして報《ほう》酬《しゅう》もあまり良くない依頼ばかりだった。

「ふーん……薬草園の手入れ、ドブの掃除、農作業の補助」

　自分達で無理なく依頼を達成でき、かつ報酬もある程度期待できるもの、と真剣に掲示板を眺めるツバキの隣《となり》で、ラーハルトはしょぼんと肩を落としていた。

「ううっ、なんで俺が持ってきた依頼は駄目だったんですかぁ、ツバキ師匠〜」

「なんでって……あんた自分のランク分かってる？」

「うっ、ちゃんと分かってますよ。Ｆランクですよ、Ｆ」

ギルドに登録している冒険者はそれぞれランク分けがされている。新人のＦから最高ランクのＳまで階級は七つある。

また、ギルドにて発行されている依頼にも同じようにランクがあり、各々《おのおの》が自分のレベルに合った依頼を受けるシステムになっている。

「そーよ。しかも、いまだに従魔がいない従魔術師、ね」

「ゔっ」

「まったく……それが分かってるなら、どうしてＢランクやＡランクの依頼書を持ってくるのよ！」

「ええっ⁉　だってだって、ツバキ師匠なら受けられますよね⁉　俺はそれを見学させてもらえたらと思って……！」

「……は？」

ラーハルトの恨めしい声に、ツバキがぽかんと間抜けにも大口を開ける。

「何言ってるの？　私だってそんな高難易度ランクの依頼なんて受けられないけど」

「へぇっ？」

ぽかん。今度はラーハルトが大口を開けてツバキを見つめる。

「……あんた。もしかして私のギルドランク知らないの？」

「さ、最低でもBランクくらいですよね？　あんなに凄い従魔《サザンカ》を連れてて……他にも上級魔物をあんなに沢山世話してて……」

「サザンカが物凄く強いのは認めるけど、それはあくまでサザンカが凄いのであって私は別に強くないよ。私だってギルドランクEだからね」

ひゅっ、とラーハルトの喉が空気を吸って鳴る。

「つえええええ⁉　嘘ですよね⁉　え⁉　ぺーぺー俺《》より階級一つ上なだけえええ⁉」

「五月蝿いっ‼　公共の施設で大声を出すなっ‼」

本日二回目のツバキの雷がラーハルトの頭上に落ちた。


「よしっ。この依頼にしよう！」

ラーハルトに代わりツバキが依頼を選ぶ。

勝手な思い込みでツバキを超高ランクの冒険者だと思っていたラーハルトは、まさかの事実にぽかんと口を開けたまま……ギルドの受付に向かうツバキの後に黙ってついていく。

と、ツバキが受付に差し出した依頼書の文字を見て、やっとラーハルトの口が閉じる。

「……農作業の補助」

残った依頼の中で、最終的にツバキが選んだものは、体力が相当要るだろう、けれど派手な立ち回りの決してない平和な農作業だった。

「ええと、従魔術師のツバキさんとラーハルトさん、お二人での受付ですね。確認致しますので少々お待ちください」

「はーい」

「ていまーで、のうさぎょう……」

「なによ、ぶつぶつと」

呆然と「ていまー……のう、さぎょう……？」と繰り返すラーハルトに、ツバキが眉を寄せる。

「ちょっと。鬱陶《うっとう》しいんだけど。大体、毎日してる仕事だって農作業と似たようなものでしょ。魔物達の世話して、餌準備してーって」

「のうさぎょう……にたようなもの……？？？」

再び意識がどこかに飛んでいってしまったラーハルトを完全に放置して、ツバキはちゃきちゃきと依頼の受付を済ますと、踵を返してギルドの出口へと向かう。

そしていまだぽけぽけとしているラーハルトへ振り返ると、一言。

「まずは家に帰って、あの子を連れていくわよっ！」

◆

「なっ、なっ、なっ……なにこれーっ⁉」

一度ギルドから家へと戻り、動きやすく汚れても構わない服装に着替え、麦藁帽子《むぎわらぼうし》をかぶって庭まで出てきたラーハルトは、待ち構えていたそれにぎょっと目を剥《む》く。

「なにって、農作業と言えば牛でしょう！」

『ブモーッ』

「牛って……ミノタウロスじゃん‼」

ラーハルトと似たような格好に着替え、既に庭に出て準備を完了していたツバキが、ラーハルトの身長の倍はありそうな屈強な牛型の魔物、ミノタウロスと共に立っていた。

「あれ？　ラーハルト、ミノ太郎《たろう》のこと知らなかったっけ？」

「ミノ太郎⁉」

「あー……そういえばまだ奥の牛舎紹介してなかったか。ごめん！　また帰ってきたら説明するね」

「ええええええ……」

ツバキの家へ居候をし始めてひと月が経ち、ある程度ここにいる魔物達に慣れたつもりでいたラーハルトだが、まさか高難易度ダンジョンに出没する魔物までいるとは思わずに固まる。

「……絶対、鍬《くわ》とか鋤《すき》より斧《おの》じゃん」

『棒状の道具を前脚で掴んで振り回すならどれも同じだろ』

「同じじゃないよ!?」

ちゃっかり荷物を積んだ荷車の上に陣取っているサザンカの言葉に、ラーハルトは思わずツッコむ。しかしサザンカはラーハルトの必死の叫びもなんのその、鼻で笑って流す。

「……あ、ねえ、サザンカ。ツバキ師匠のギルドランクがEって本当?」

『ん?』

平常運転のツバキとサザンカを見て、おかしいと思う自分がおかしいのか……!? と、ぐるぐる思い始めたラーハルトだったが、ふと先ほどからずっと気になっていたことをサザンカにこそっと尋ねてみる。

ギルドから家に戻るまでに、ツバキに冒険者証まで見せてもらってはいたが、ミノタウロスを見て、ラーハルトの中でさらに疑念がむくむくと育っていた。

『あー……あれか。ああ、ツバキはランクEだぜ』

「うそ! 本当に!? 俺、絶対ツバキ師匠はもっとずっと高ランクだと思うんだけど……」

『んー、まぁツバキの実力はさておき……アイツ、まったくギルドに貢献してねえからなぁ。依頼もギルドに登録してから必要最低限しか受けてねえし……』

「ええ!? 一体なんのために冒険者になったの!?」

驚愕したラーハルトの質問に、サザンカは記憶を辿るように上を見る。

『なんだったか……ああ、身分証明書が欲しいとかなんとか言ってたかな』

「えええええ……」

ラーハルトの中で、ツバキの印象がミステリアスな人から面倒くさがりの変人に変わった瞬間だった。

「こんにちはーっ！　ギルドから依頼を受けてきましたーっ！」

それからすぐに二足歩行の牛、ミノタウロスのミノ太郎に荷車を引いてもらい、依頼先の農場までやってきたツバキは、門前で大声で挨拶をする。

すると、農場の中で作業をしていたらしき人物が、腰を叩きつつツバキ達のもとまでやってきた。

「おー、ご苦労さん。俺ぁこの農場の主人のライナスだ。あんたらが依頼を受けてくれた冒険者さん達かい？」

「はい。人間二人に従魔二匹です。今日はよろしくお願いします！」

「おお、こりゃ良い牛だなぁ！　ちいときついかも知れんが、よろしく頼むよ。さ、こっちだ」

「……」

何事もなくミノタウロスを受け入れる依頼主に、ラーハルトは言葉をなくす。

ミノタウロスという恐ろしく攻撃力の高い魔物を農業に使うことに、抵抗がないのが普通なのか？　と。

そんな、頭にハテナを浮かべるラーハルトにはおかまいなしに、一同はライナスに続いてさっさと農場の奥へと進む。

　連れて来られた場所は、一際広い面積の畑だった。しかし。

「うわ……すっごい荒れよう……」

「あれ？　最近そんなに酷《ひど》い嵐とか、ありましたっけ？」

「うむ……」

　一行が目にしたのは、どえらい台風でも通過したのか、というほど荒れに荒れた畑だった。

「実は最近、森の方から害獣がさまよい出てきちまったみてえでな。この有り様よ」

「害獣というと……猪《いのしし》とかですか？」

「ああ、多分な。そっちの害獣討伐依頼も出してはいるんだが、まぁ、何はともあれ、この荒らされちまった畑をどうにかしないといけなくってなぁ」

　困りきった顔でぽりぽりと頭を掻くライナスに対し、ツバキは笑顔でドン！　と自身の胸を叩く。

「任せてください！」

「ああ、ありがとうよ。できるところまでで構わないからよ。根っこから駄目になっちまってるもんは抜いてもらって、大丈夫そうなのはまた埋めてもらって、畝《うね》もどうにかしてくれると助かる」

　頼むよ、と言い残してとライナスはまた別の畑へ去った。

　ライナスを見送ってから、ツバキ達は腕まくりをし、軍手をはめた拳を空へ突き上げる。

「いよっし！　報酬は歩合制《ぶあいせい》だ！　じゃんじゃんやるわよ！」

「おー！」

『ブモーッ！』

『おー……』

若干一名のやる気が見られないが、愛すべき従魔《もふもふ》達の食費のために！　と各々が早速作業に取り掛かったのだった。

◆

額に滲む汗を首から下げたタオルでぬぐう。

涼しい風の通る木陰で、ツバキ達はお茶を飲みながら休憩していた。

「ミノ太郎のお陰で大分作業は進んだけど、まだまだ残ってますねぇ」

「そうだねぇ……うーん、今日中にこの畑全部やり切るにはもうちょっと手数が必要だったかな」

「？　うちにミノ太郎以外にもミノタウロスがいるんですか？」

ラーハルトの疑問に答えず、ツバキは顎に手を当てた。

「……ラーハルト。ちょっとミノ太郎をテイムできるかやってみて。できそうなら今からダンジョン行ってミノタウロスをテイムしてくればいいから」

「はい⁉」

「ちょうど良いから、このひと月の成果もちょっと試そうよ」

「そんな、完全に思いつきじゃないですかぁ……」

明らかに嫌そうな顔をしているラーハルトに対して、ツバキはビシッ！　と人差し指を突きつけて言う。

「うちの居候になる時に言ったよね？　〝師匠の言うことは？〟」

うぐっ、と一瞬詰まってから、ラーハルトは諦めてツバキの言葉に続ける。

「〝ぜった～い〟……です……はぁ」

「よろしい」

「……こういう時だけ師匠風吹かすんだもんなぁ」

「なんか言った？」

「ぃいいいいええええ⁉」

ツバキの背後で、温厚そのものだったミノ太郎の瞳が不自然にギラリと光る。それを見過ごさなかったラーハルトが、間髪いれずに即答した。

目尻に滲んだ涙をぬぐい、ラーハルトは木株に腰掛けているミノ太郎の真正面に立つ。

「よし。じゃあ、おさらいからしよう。テイムにあたり、まずやることは？」

「えっと、自身の魔力波《まりょくは》を放って、対象の魔物との魔力同調を試《こころ》みる」

「はい、正解。今回はミノ太郎に敵意はないし、逃げ出すこともないからゆっくり落ち着いてやってみて」

「はい！」

一度深呼吸をすると、瞼を閉じる。

まるで学生時代に戻ったかのように、ラーハルトは習《なら》った手順に沿《そ》ってゆっくりじっくりと確実に従魔術を発動させる。

学校を卒業して従魔術師パーティに加入してからというもの、久《ひさ》しく行《おこな》っていなかった魔物との対面。ラーハルトは緊張に手汗を滲ませた。

「重要なのは、こっちからの敵意を魔力波にのせないこと」

「っはい！」

『！』

やがてラーハルトの放つ魔力波がミノ太郎にまで届いたのか、ミノ太郎の大きな耳がピクリと動く。

その場に緊張が走るが、ミノ太郎の様子は変わらず落ち着いている。

「うんうん、良い感じだよ。じゃあ魔力同調の調節をしながらミノタウロスについて聞かせてもらおうかな」

「うぇえっとぉ……！」

繊細《せんさい》な魔力操作を必要とする魔力同調に最大限の注意を払いつつ、ラーハルトはミノタウロス飼育に必要な知識、注意点をつらつらと挙《あ》げていく。

「ミノタウロス……！　通常はダンジョン等の洞窟《どうくつ》に生息する二足歩行の半獣型魔物……気性は荒く、攻撃的で、知能はそこまで高くない、はず……」

「ミノタウロスをテイムするにあたり、重要なことは？」

「えーっと、えーっと……！　雌雄《しゆう》共に縄張《なわば》り意識が強いから、多頭飼育は原則不可！」

「正解！」

ツバキの拍手の音に、「やった！」とまるでテストに合格したような気持ちになるラーハルトだったが、ふと疑問が湧く。

「ん？　……ってことは、俺が他のミノタウロスをテイムしてきても駄目じゃないですか!!」

叫んだと同時、バチンッ！　と静電気のような微《かす》かな痛みがラーハルトの全身に走る。

「うわっ!?」

ラーハルトはドサリと後ろに尻餅をつくように倒れる。

衝撃に思わず閉じてしまった目を開けば、変わらず木株に腰掛けているミノ太郎が『ブモッブモッ』と鼻息荒く尻尾の先を地面に叩きつけていた。

「あらー、駄目かぁ」

「なんでっ!?　俺なんかミスしました!?　集中力が切れたから!?」

「んー……特にミスはなかったけど……単純にミノタウロス種の魔力とラーハルトの魔力の相性が良くなかったみたいだね」

「そんなぁ……」

ミノタウロスのような上級魔物をテイムできれば、ギルドランクの一気上げも夢ではないと思っていただけに、ラーハルトが肩をがっくりと落とす。

「うーん……しっかし、これからもこうやってギルドの依頼も受けていくなら、やっぱりラーハルトにも従魔がいた方が効率的だよね」

『そりゃそうだろうな。二人で別々の依頼を同時に受けることもできるわけだからなぁ』

地面に膝をつくラーハルトのもとまで、とことことやってきたサザンカが、肉球の愛らしさとは裏腹に鋭い爪のある前脚をぽん、とラーハルトの肩に乗せる。

『ま、がんばれや』

「ううっ……！」

「もしかしたらラーハルトは、相性の良い魔物が極端に少ないのかも……従魔術自体はできているし」

「ええっ、そんなことってあるんですか？」

ツバキの呟きに、ラーハルトは困惑する。

「さぁ、私も従魔術について全てを知ってる賢者とかじゃないから、予想に過ぎないけど……

みようよ！　とにかく、これからは毎日時間見つけて、うちにいる全部の魔物との相性を試していってまっ！」

『全部駄目だったりしてな』

「……!!」

「サザンカ！　まだ仕事残ってるのに再起不能になるようなこと言わないでよ!?」

「さ、再起不能……!?」

『お前の方がひでえこと言ってるよ』というサザンカの声は聞こえなかったのか、真っ白になってしまったラーハルトと無理やり肩を組んで、ツバキは再び作業へと戻っていった。

◆

泥で全身を汚しながらずっと屈《かが》んで作業していたラーハルトは、凝《こ》り固まってしまった腰の筋肉をほぐす様に一度立ち上がり、ぐぐっと腰を反《そ》らす。

「んんーっ！」

思ったよりは疲労感や痛みもなく、ツバキが始めに言っていたように、いつもしている預かり処での作業も農作業もそこまで変わらないのかも知れない、と思い直す。

ふとラーハルトが視線を上げると、少し離れた場所で一心に農作業を続けるミノ太郎の姿。

さすがの体力と能力で、作業スピードが始めの時から落ちていない。せっせと素晴らしい速度でこなしている姿に「すげぇなぁ」とラーハルトは単純にそう思う。

ツバキとサザンカは、家の従魔達の餌やりに一度戻っている。

こちらも休憩を入れるか、とラーハルトはミノ太郎に大声で呼びかける。

「おーい！　ミノ太郎ーっ！　休憩にしよう！」

すると『ブモーッ！』と心なしか嬉しそうな鳴き声がミノ太郎から返ってくる。

初めこそびっくりしたものの、比較的大人しい性格のミノ太郎にすっかり愛着が湧いたラーハルトは、自分のお茶の準備もそこそこに、ミノ太郎用の飲み水とおやつの用意を始める。

シートを敷き、風に飛ばされないように重石《おもし》を置き、いそいそと休憩の準備を全て終えると、振り返らないまま再度ミノ太郎に声をかける。

「ミノ太郎ー、おやつの準備ができたぞー」

『プゴォォォ!!』

「ははっ、ぷごおって、鳴き方変わってんじゃん。そんなにおやつ楽しみに――」

くるり。

にこにこと笑顔で振り返ったラーハルトの視界に入ってきたのは、ミノ太郎ではなく――

プゴオプゴオ！　と、ちょっとした強風の如く荒い鼻息を吐く小山のような大きさの猪だった。

『プゴォォオオオオ!!』

荒ぶる巨大な猪が巻き起こした突風に吹き飛ばされたラーハルトの絶叫が、農場内に響き渡る。

「ぎゃ――――っ!?」

ゴロゴロと地面を転がった先で、突風に飛ばされずに持ち堪えていたミノ太郎に捕まえてもらうも、すっかり目を回したラーハルトは、ほぇほぇと言葉にならない声を漏らして背中をさすってもらうことしかできない。

『ブモッ、ブモーッ！』

「……はぇぇ……ぅっ、吐きそう……」

『ブモッ!?』

ラーハルトの言葉に対し、まるで「勘弁！」とでも言うように、ミノ太郎がラーハルトの背を支えていた前脚を離して素早く一歩距離を取る。

支えをなくし、べしゃっ！　と地面とキスをしたラーハルトは改めて心に固く誓《ちか》った。

一日も早くテイムを成功させよう、と。

「おおい！　どうしたどうした……ぎゃあああ!?　なっ、なにごとじゃ――!?」

ラーハルトが一人悲しい決意を固めていると、農場内の騒ぎに気づいたのかライナスが遠くから駆けてきた。そして畑を荒さんばかりに暴れ狂う巨大な猪を見るやいなや、腰を抜かして血管が切れそうなほどの悲鳴を上げる。

『プッゴオオオオオ!!』

「あっ、まずい！　ライナスさん!!　早く逃げて!!」

「はわわわわ……っ」

手当たり次第に暴れ回る猪の巨体が浮く。

柱のように太い四肢で辺り一帯を踏みつける気だ、と気づいたラーハルトは、ライナスに大声で逃げるよう指示をした。けれど、腰が抜けてしまったライナスは、その場から動くことすらできずにガタガタと震えている。

「うわあああああ!!」

「――っくそ！」

胃がひっくり返りそうになる思いで、ラーハルトはできる限り速く足を動かす。

巨大猪の前脚がライナスを踏み潰す前に、なんとか走る勢いを殺さず、タックルをするようにしてライナスごと転がり巨大猪の攻撃を躱《かわ》す。

「なっなっなっ……なんじゃアレはいったい!!」

「はぁっ、ぜぇ……ぅっ！　……恐らくアレが、ライナスさんの畑を荒らした害獣じゃないかと……うぷっ！」

猛ダッシュと再びの転がりでいよいよ胃の中のものがせり上がってきたラーハルトが、息も絶え絶えに答える。

「はぇぇえええ!?　そっ、そんな!?　まだ害獣退治の依頼を受けてくれた冒険者もおらんのに……!?」

「て、てゆうかアレ……普通の害獣じゃない……」

「そうだ！　おぬし！　従魔術師なのだろう!?　害獣退治の報酬もしっかり支払うから、なんとかしてくれ!!」

「えええええ!?　無理ですよ!!　討伐依頼にしたって、アレ、どう見たって超高難易度の上級魔物ですよっ!?」

「なんのための従魔じゃ――っ!?　そこの牛でどうにかできんのかい!?」

二人はハッとして、ガバッ！　と一緒に逃げてきたミノ太郎を振り返る。

装備その一、麦藁帽子。効果、日差しから頭部を守る。

装備その二、鋤。効果、農作業を行うための道具。

「……」

「……」

『……』

二人と一匹の間に沈黙が走る。

「いやっ！　無理!!　せめて防具と斧くらい持ってれば……！　っていうかそもそもミノ太郎は俺の従魔じゃなくて、ツバキ師匠の従魔だから、俺じゃあ戦闘の指示なんて出せないんですって!!」

「はあああ!?　なんっじゃそら!?」

ミノ太郎自身にも防衛本能や野性の闘争心はある。

そのため、ある程度は巨大猪の攻撃を躱すなり反撃をするなりは可能だろうが、主人である従魔術師がいなければ、その能力の全てを発揮することはできない。

それに加え、ラーハルトとライナスという人間二人を気遣っての戦闘もまず不可能だろう。

目の前には荒れ狂う巨大猪。

この場にいるのは、非力な人間二人と主人不在の従魔一匹。

冒険者パーティ時代にも感じたことのない恐怖と絶望感が、ラーハルトの肌をぞわりと舐める。

「っ、とにかく！　逃げましょう!!　ライナスさんこっちです!!」

「うわあっ！　ちょ、ちょ、あの牛はどうするんだ!?」

「ミノ太郎にも防衛本能はあるので、自分で判断して逃げるはずです！　仮にどこかへ逃げていってしまっても、主人であるツバキ師匠さえ戻ってくればいくらでも呼び戻せますから、今は一旦俺達が逃げることだけ考えましょう!!」

「わ、わかった！」

巨大猪が発する強風や、それに巻き上げられ勢い良く飛んでくる飛来物を避けながら、二人はなんとか距離を取ろうと試みる。

が、ライナスを庇《かば》いながら逃げ回るラーハルトは、それら全てを避けきれずに腕や足に少しずつ傷を負う。

「くっ……！」

一つ一つは大したことのない傷だが、蓄積《ちくせき》されていく微かな痛みがラーハルトの瞬間の判断力を鈍くする。

「うあっ!!」

「!?　おい、若いの!!」

やっとの思いでライナスを巨大猪の巻き起こす強風域の外へと押し出した瞬間、飛んできた拳大の石がラーハルトの後頭部に直撃する。

次《つ》いで、ふっとラーハルトの頭上に落ちる影。

頭を打った影響で霞《かす》む視界に映るのは、いつの間に距離を詰められていたのか、物凄いスピードで振り下ろされる巨大猪の前脚の蹄《ひづめ》。

「――っ!!」

ラーハルトは息を呑む。

目を瞑《つむ》る猶予もない。

一瞬、だ。

一瞬後に、アレに踏み潰される。

「つうわぁぁぁぁあああああ!!」

――――バキイィィイ!!

見開いたラーハルトの目に、真白い閃光《せんこう》が走った。

◆

まるで空を駆ける流星のように、それは空気を裂いた。

『プゴォォォオオオ!!』

苦痛の雄叫びを上げて、巨大猪の巨体が後方に飛ぶ。

轟音《ごうおん》を立てて転がっていく巨大猪とは打って変わり、真白い流星はほとんど着地の音もたてずに倒れ込むラーハルトの前に降り立つ。

「ごめん！　遅れた！」

『生きてるか⁉　小僧！』

美しい全身の白い毛を逆立たせ、巨大猪から目を逸らさずに牙を剥き出し唸るサザンカ。その背に跨《また》がったツバキはくるりと振り返ると、いつもと変わらぬ様子でラーハルトに声をかけた。

「……え……え？」

「ちょっとだけ待ってて。先にあっち片付けてくるから」

「え⁉」

「あ、そうだ。ミノ太郎！　ほら！　これ！」

『ブモォォオオオ!!』

事態についていけないラーハルトへの説明もそこそこに、ツバキはミノ太郎を呼び寄せると、肩に担《かつ》いでいた大振りの斧を投げて寄越す。

その光景を見たラーハルトは、ツバキが従魔術を用《もち》いミノ太郎と巨大猪を戦わせるつもりなのか、と安堵《あんど》のため息を吐く。

体格差こそあれど、ミノ太郎も上級魔物。しかもきちんと装備を手に、従魔術師による魔法のサポートも受ける。なんだかんだ腕の良い従魔術師であるツバキだ。これでもう安心——

「ミノ太郎！　あんたはここでラーハルトとライナスさんを飛んでくる石とかから守ってて！」

『ブモォォオオ!!』

「はあああああっ!?」

「えっ、なに」

どっしりとその場から微動だにせず構えるミノ太郎と、素手のままサザンカに跨り巨大猪に駆けていこうとするツバキを見ながら、ラーハルトは怪我も忘れ盛大にツッコんだ。

「ちょっ！　ゔっ！　……とぉ！　ミノ太郎じゃなくって……、ツバキ師匠が特攻するんですか!?」

「お、お嬢ちゃん。この兄ちゃんの言う通りだ、危ないよ……！」

オロオロとする男二人に、ツバキはあっけらかんと言う。

「だいじょーぶだいじょーぶ！　農作業につきものの、ちょっとした害獣退治だから！」

そして「そのために縄、持ってきたから」と言い残す。それ以上止める間もなくサザンカと共に巨大猪に突撃するツバキを、屈強なミノ太郎に守られながら男二人はぽかんと見送った。

「……」

「……」

小さな竜巻さえ巻き起こしている巨大猪に対して、縄だけを片手に素手で殴り掛かっていくツバキを遠目に見ながらラーハルトは言葉をなくす。

「……従魔術、ちゅーもんをよく知らんが……魔法で魔物を操る術じゃなかったかい？」

「……奇遇ですね……俺もそうだと思ってました……」

『ブモッ！　ブモッ！』

呆然としているラーハルト達とは違い、ミノ太郎だけがツバキの活躍を見て嬉しそうに鳴いた。

◆

「いやー！　本当に遅れてごめん！　うちの子達に餌あげてこっち戻る時に、ミノ太郎の斧があればなんか作業に使えるかなぁと思って探してたら時間くっちゃった！」

「はぁ……」

「あ、頭の怪我は怖いからギルドの医務室にちゃんと寄ろうね」

「そうすね……」

あの後、ツバキはサザンカと共にまさしく秒で巨大猪を昏倒《こんとう》させ、あっという間に縄で全身を縛り上げた。

そして、ライナスに軽く手当てを受けているラーハルトのもとまで戻りあははと笑ってみせ、二人を驚愕させたのだった。

結局、暴れ回った巨大猪のせいで、ツバキ達が整えたライナスの畑は再び荒れ果ててしまった。

農作業補助の依頼は後日再び……ということになったが、その代わり害獣退治の依頼達成という結果に収まった。

ライナスと共にギルドに戻り、事のあらましを受付係に告げると、報告を聞いていた係のお姉さんの表情が驚愕に染まり、真っ青になり、そして最終的に色をなくした。

「そ、そ、それ……！　竜巻《たつまき》ウリボーの成体じゃないですかっ⁉」

「あ……やっぱり？」

もう既に驚きすぎてお腹いっぱいだったラーハルトは苦笑をこぼすだけだが、受付の椅子からガタリ！　と音をたてて立ち上がったお姉さんは大慌てである。

「ちょっとライナスさん！　害獣って普通の猪じゃなかったんですか⁉　依頼の際の報告はもっと正確にしていただかないと……！」

「わ、わしだって知らんかったわあ！　知っておったらのんびり農作業の依頼なんて出さんっちゅうの!!」

ぎゃあぎゃあ！　と小さな騒動になってしまったそこから抜け出した一匹、サザンカは、ランク分けされた魔物の姿絵が貼り出されている掲示板の前まで進むと、お目当ての一枚を探す。

『……おっ、あったあった』

ピラミッド型に整えられている中で、天辺《てっぺん》とは言わずとも上部に位置する紙に記《しる》された一文。

大嵐猪《だいらんちょ》、ランクA。中級魔物である竜巻ウリボーの成体として知られる。竜巻ウリボーの成長は著《いちじる》しくゆるやか、かつ食用として大多数が捕獲《ほかく》されるので、成体まで育った個体に遭遇《そうぐう》することは極めて稀《まれ》である。

姿絵に併記《へいき》されている魔物の説明を読んで、サザンカは喉をクツクツと鳴らして笑う。

『ラーハルトのやつの見立ては正しかったわけだな』

ランクAの魔物を倒せる、ギルドランク底辺の従魔術師。

ツバキ達のいる受付に大きな人垣ができ始めているのをゆっくり眺めて、その獣は満足そうにニッと口角を上げた。

幕間一　ツバキのネーミングセンスについて

ツバキの自宅、兼預かり処の朝は早い。

日が昇りきる前に、人間二人はのそのそと居心地の好《よ》い布団から這《は》い出《だ》し、目ヤニも付けたまま従魔達の世話の準備に取り掛かる。

そしてある程度準備が完了すると、今度は糞尿《ふんにょう》の掃除をするために塵取《ちりと》りや箒《ほうき》、その他諸々の道具を引っ張り出す。だがこの頃になると、起き出してきた室内飼いの従魔達が掃除道具にジャレつき出してくるので、作業時間が倍かかる。

「ちょっと！　アンコ！　キナコ！　そこ転がってるとゴミと同化……ヨモギィィ！　言ってるそばからー！」

特に好奇心旺盛《こうきしんおうせい》な毛玉猫達は、楽しそうにみゃあみゃあ鳴きながらツバキの箒に埃と共にジャレつき転がりまわっている。

その姿はもはや毛玉猫というより埃猫《ほこりねこ》、と形容した方がしっくりくるようだ。

ちなみにアンコ、キナコ、ヨモギというのは、ツバキの故郷の食べ物の名称らしい。

その色が見事に三匹の毛玉猫達の体毛と一致しているようで、気づけばツバキだけが使っていたあだ名がすっかり定着してしまった。

「ふわぁ〜あぁぁ……」

大きく口を開けて欠伸を連発しながら、毛玉猫達に翻弄《ほんろう》されるツバキの姿を見ていたラーハルトは、眠気を覚ますように一度パン！　と両頬を自身の掌で打った。

そして、包丁を握り直しまな板の上に置かれた骨付きの肉の塊《かたまり》をぶつ切りにしていく。

庭にいる肉食の魔物達用の朝ごはんだが、先日ツバキとサザンカが退治した大嵐猪の肉を少し分けてもらえたため、食費が浮いて万々歳だった。

『あ〜〜〜……朝っぱらから肉の塊きっつ……ラーハルト、俺にはそこの骨だけくれ』

まだ眠たそうな目をしたサザンカが台所までやってくると、鼻をヒクヒクと動かしてから大嵐猪の骨を所望する。

「あ、おはようサザンカ。収入があったから冒険者ギルドで買ってきた魔物フードもあるけど、それは？」

『ん〜……いや、俺は骨だけでいい。また腹が減ったらそん時にもらうわ』

「分かった」

一際立派な骨を選んで渡すと、サザンカはその場で伏せてそれにむしゃぶりついた。

サザンカのそんな姿に、ラーハルトは内心でひっそりと思う。

（……やっぱり犬なんだな）

無意識だろうか。尻尾まで振り出したサザンカに、さらに近所のわんちゃん感を感じたラーハルトだったが、ふと思う。

果たしてサザンカは一体なんという種類の魔物なのだろうか、と。

こうしていると、そこらにいる普通の犬と同じようにも見えるが、先日の大嵐猪の件といい、その能力値は目を見張るものがある。

首都の学校を卒業し、この国に生息する魔物の知識はおおよそ頭に詰め込んでいると自負しているラーハルトだが、しっくり当てはまる魔物はいない。

思い当たるのはグレートウルフやフェンリルだが、ツバキ曰《いわ》く狼型ですらないと言うし、それでは一体なんだろう……とうんうん悩み出したラーハルトの手が完全に止まる。

「おーい！　ラーハルト！　庭の子達が殺気立ってきてるけど、準備できたー!?」

「うーん……ん!?　あっ、ちょっと待ってくださーい！」

思考の海に沈んでしまったラーハルトを、掃除を終えて別の仕事に取り掛かっていたツバキの呼びかけが引き戻す。ラーハルトは慌てて残りの肉を切り終えると、それを大きなバケツに入れて急いで庭へと飛び出した。

草食や雑食の魔物達はまだしも、肉食の魔物相手には十分に注意を払いつつ餌やりをしなくてはいけない。

すると、極彩鳥の小屋に産みたての無精卵を取りに行っていたツバキも、縁側から家の中へと戻ってきた。

ツバキの頭の上には、いつの間にかそこが定位置となった三つ目烏の雛が乗っている。

「さー、やっと人間の朝ごはんだー」

『ピーイッ！　ピー！』

上機嫌なツバキに同調して、雛が鳴き声を上げる。

「あ、ピー助《すけ》の朝ごはんってあげた？」

『ソイツ、さっき台所で勝手に肉の切れ端つまんでたぞ』

ツバキの質問に、サザンカが咥えていた骨を落として答えた。

「ほんと？　じゃいっか。よし！　メシだメシだ」

「ていうか、ソイツに名前付けたんですね……」

口一杯に朝ごはんを頬張っているツバキとその頭上でピーピー鳴いている雛を見て、ラーハルトは隣に陣取っているサザンカにこそっと耳打ちをする。

「あの……毛玉猫達といい、ミノ太郎といい、ピー助といい……ツバキ師匠のネーミングセンスって……」

『言うな。人は誰しも得手不得手があるもんだろうが』

「……ちなみにサザンカは」

『俺の名付け親はツバキ《あいつ》じゃねえ』

「あはは……」

自分が無事魔物をテイムできた暁《あかつき》には、三日三晩は悩んでそれは素晴らしい名前をつけよう、と決めたラーハルト。だが、嬉しそうにピーピー鳴いている雛を見て、まぁ従魔《ほんにん》が喜ぶ名前が一番か、とほんのちょっぴり思い直したのだった。

（でも俺は間違っても、色が黒いからクロ、とかにはしない。絶対）

第三章　流行にご注意を

ルルビ村の東の端にて。

まだまだ世の人間達が心地好い微睡みに身を任せているだろう薄暗い早朝、ソレは始まる。

唸り声でも叫びでもない、不思議な高音——

『ファ————ツッツ♩♩♩』

預かり処も兼ねるツバキ家の庭の奥、鳥舎に住まう極彩鳥の朝一番の鳴き声である。


ツバキ家の二階の端、客室だった一室を間借りし生活しているラーハルトは、今日も鼓膜を突き抜ける勢いで耳に届いた極彩鳥の鳴き声に、文字通り跳ね起きる。

「うばぁっ⁉」

跳ね起きた勢いでベッドから転がり落ち、尻を床に強打した。しかし痛みに呻《うめ》く時間すら惜《お》しく、ラーハルトは半分寝ぼけたまま部屋を出ると、階段を落下するように駆け降りる。そのままリビングを通り抜け、縁側から直接庭へと飛び出した。

『ファ————ツッツ♩♩♩』

「うわあああああ!!　待って待って待って!!」

庭でスヤスヤと寝ている従魔達の横を走り抜け、目指すはずっと鳴き続ける極彩鳥のいる鳥舎。

ラーハルトはほとんど体当たりをするように鳥舎の扉を押し開けると、その名の通り美しい極彩色の翼を広げ、大音量で鳴く極彩鳥達の群れの中央まで突き進み、急ブレーキをかけて止まる。

『ファ――――ツッツ♩♩♩』

「ぜぇっ！　はぁっ！　ぜぇっ……ぅえっ……」

ラーハルトは膝に手をつき、激しく肩を上下させながらなんとか息を整える。

「はぁ……はぁ……ぃよし。よし！」

丸めていた背をぐぐっと胸を張り伸ばす。そしてすぅっ、と息を吸うと大きく口を開き――

「ラ――――ツッツ♩♩♩」

『ファ――――ツッツ♩♩♩』

「ラァ――――ツッツ♩♩♩」

『ファ――――ツッツ♩♩♩』

「ファ――――ツッツ♩♩♩」

『ファ――ッ♩……ファッファァッ、ファファァッ！』

「……今朝も終わった……」

大音量での一斉鳴きを止めた極彩鳥達は、広げていた翼を畳《たた》むと、普段通りの鳴き方に戻る。

その様子を見て、ついでに卵がないかも確認してから、ラーハルトはやってきた時の勢いとテンションはどこへやら、静かにゆっくりと鳥舎を歩き出て、家へと戻っていく。

「はぁ……なんで極彩鳥って一緒にハモらないと朝の大絶叫を終わらせてくれないんだろ……」

寝起きからげっそりとした表情で、ラーハルトはまずは顔を洗おうと洗面所へと向かった。


それから少しして、ラーハルトが台所で従魔達の朝ごはんを用意していると、ツバキとサザンカが起きてきたので挨拶を交わす。

「おはようございます、師匠」

「おはようー。今朝もアレご苦労様」

『俺としては、もうちっと早めに目覚まし止めてくれると助かる』

「はは……無茶をおっしゃる……」

すっかり朝イチの業務として定着してしまったそれに、ラーハルトは口端を引き攣《っ》らせる。

「美味しい卵が食べられるのは良いけど、これ以上極彩鳥を預けにくる人が増えないことを祈りたいっすね……」

その言葉に、従魔に対しての知識と従魔術の技術はピカイチのツバキですら苦い顔をする。

極彩鳥は美しい見た目で従魔術師に人気の高い魔物ではあるが、厄介な朝の習性を持つがゆえに、飼育放棄をされる事例が多いことでも有名な魔物だった。

無論、ツバキ達のもとへ預けられる数も少なくなく、数が増えるごとに大きくなる災害時のサイレンもかくや、な騒音《そうおん》に、一度近隣からクレームが出ていた。

「ちゅうかさ、この前クレーム入れてきたおっさんいるじゃん。アレ、こっそりうちに極彩鳥放置してった奴だからね」

「ええ!?　そうだったんですか!?」

「うん。謝罪も依頼もなく、挙《あ》げ句《く》バレてないとでも思ってんのか、五月蝿いって言ってきたから逆に締めといた」

「締めっ……まぁ、はい……ツバキ師匠ならしっかり説教してくれたと……信じます」

あっさり言うツバキに、ラーハルトは苦笑する。すると、サザンカが口を開いた。

『大丈夫だろ。後ろ暗いことがある奴は、一発二発殴ったところでチクったりしねえよ』

「殴ったんですか!?　暴力はやめてくださいね!?」

ぺろっといたずらに舌を出したツバキが、ラーハルトの用意した従魔達の朝ごはんを持って台所を出ていく。

「まー、なにはともあれ、あれだよ。金持ちのペットブームだかなんだか知らないけど、きちんと知識を得て責任をもって飼育してほしいよね。従魔でも、ペットとしてでも」

そんなツバキ達の願いもむなしく、騒がしく忙しい預かり処に、また一つ厄介《やっかい》な依頼が舞い込もうとしていた。

◆

預かり処としての体裁《ていさい》が整ってきたので、ラーハルトは従魔の引き取りだけではなく譲渡《じょうと》も行います、と書かれたポスターを、ルルビ村の冒険者ギルドの一般掲示板へ貼り出しに訪れた。

冒険者ギルドへは冒険者だけではなく、生活に密着した職業の人間の出入りも多いため、年齢も性別も問わず多くの人で賑《にぎ》わっている。

「お次お待ちの方ー！　こちらの受付へどうぞー！」

「あ、はーい！」

掲示板へのポスター掲示申請書を記入して受付へ進むと、そこにはいつだったかラーハルトが泣きついた受付係の女性がにこにこと立っていた。

「まぁ、ラーハルトさん！　お久しぶりですね」

「あっ！　はい！　その節はどうも……」

「いえいえ。ツバキさんの所で働かれることになったそうですね。預かり処さんの噂《うわさ》はよく聞きますよ」

笑みを浮かべる女性に、ラーハルトが勢い良く頭を下げる。

「それもこれも、あの時ツバキ師匠のことを紹介してくれたお姉さんのおかげです！　本当にありがとうございました……！」

「ふふ。まぁツバキさんにはあの後、従魔関係の問題をなんでもかんでも持ってくるな、とお叱《しか》りを受けてしまいましたけど……でも、こうして預かり処を開いてくださって本当に助かりました。是非、ツバキさんに冒険者ギルドとしてお礼をお伝えくださいね」

軽く雑談していると、ラーハルトの後ろに並ぶ列から、オホン！　と咳払《せきばら》いが聞こえてきた。

それを聞き慌てて手にしていた申請書を提出すると、二人は肩をすくめてからクスッと笑う。

まるで悪いことがバレて叱られた子供のように。

「それで、本日は……掲示板へのポスター掲示ですね？　書類を確認致しますので、こちらで少々お待ちくださいませ」

「はい、よろしくお願いします」

申請書を受け取った受付係が、カウンターの裏へと引っ込む。

難しい申請ではないし、まぁ特に問題はないだろうな、とラーハルトがぼうっと待っていると、ふいにその肩を後ろから叩かれた。

「？」

「あのっ！　預かり処の方ですよねっ⁉」

「え？　あ、はい。そうですけど……」

ラーハルトが振り返れば、そこにはキラキラと目を輝かせている女の子二人組がいた。

「預かり処さんが従魔の譲渡もやってるって本当ですか⁉」

「え、ええ」

不快に思われないように、ラーハルトは最低限サッと女の子達の頭の先からつま先まで目を滑らせる。

見たところ冒険者ではないようだ。まだ成人しているようにも見えないし、親にでもついて来た一般人だろうか。ラーハルトが当たりをつけていると、ラーハルトの返事を聞いてさらに目のキラキラを増やした女の子達が、わっ！　と歓声を上げる。

「じゃあ、じゃあ！　爆弾鼠《ばくだんねずみ》の譲渡ってありますかっ⁉」

「……爆弾鼠？　うーん……うちでは預かってない魔物かなぁ」

女の子達の圧にたじろぎながら、ツバキ家にいる従魔達を思い出してラーハルトが答えると、一転して女の子達のキラキラがふっと消える。

「あっ、でも、良かったらチラシ持ってって！　もし本当に従魔の譲渡を希望しているなら、色々と注意事項もあるから、ご家族の人にもちゃんと見せてね」

女の子達のあまりの落ち込みように、ラーハルトがちょうど手にしていた預かり処のチラシを手渡すが、しょんぼりした女の子二人はチラシそっちのけで話し出す。

「う〜〜〜やっぱりブリーダーから買う方がいいのかなぁ」

「でも今はすっごく待つって言ってたよ？」

「え～！　でも私も欲しい～！」

「私だって欲しいよ！　着せ替え用のお洋服だって先に買っちゃったのに！」

「……えーっと。あの、お嬢さん達？　おーい」

二人で話しながら、そのままラーハルトを無視して歩いていってしまった女の子達。

残されたラーハルトがぽかんとすることしかできないでいると、カウンター裏から戻ってきた受付係が苦笑して説明をしてくれた。

「どうやら最近、首都の方を中心に爆弾鼠をペットとして飼育することが流行《はや》っているようですよ」

「え？　流行り、ですか？」

「なんでも爆弾鼠を相棒にした勇者の冒険小説が流行しているようで、それの真似だそうです。爆弾鼠は従魔術師が訓練すれば、一般の人でもペットとして飼育することが十分可能な魔物ですから」

「へぇ、そうなんですね。初めて聞きました。首都の方へは最近全然行ってないですし、俺もツバキ師匠もあまり小説は読まない方なので」

「この辺りでも、結構増えてきたみたいですよ。爆弾鼠をペットにしている人」

冒険者として利益を考え、強力な能力を持つ魔物をテイムしようとしていた従魔術師パーティ時代には考えもつかなかった、「小説の真似」というペットブーム。そんなものもあるんだなぁ、とラーハルトはへぇと相槌を打つ。

「……爆弾鼠かぁ。訓練しやすいって言ったって、俺だったらペットとして飼うのはどうかと思うけど……」

「え？」

会話が思いの外《ほか》盛り上がっていると、後ろから再び、今度は少し大きめのオホン！ が飛んでくる。

「あ、やべっ」

二人は慌てて話を中断し、ポスター掲示の申請についての説明に戻る。

「失礼しましたっ。えーと……申請書に不備等はありませんでしたので、こちらで受理させて頂きますね。今ポスターをお持ちでしたらお預かりしますが？」

「はい！ これです！ ちなみに、チラシも置かせてもらえますか？」

「はい、大丈夫ですよ。それでは、期限までこちらのポスターを掲示板に貼らせて頂きます。また何かございましたら、お待ちしております」


「爆弾鼠ぃ？」

「そうなんです師匠」

冒険者ギルドから戻ってきたラーハルトは、庭に作った小さな畑を耕《たがや》していたツバキへ、仕入れ

たばっかりの話を聞かせた。

余談ではあるが、先日の農作業の依頼を受けて畑仕事を気に入ったツバキは、麦藁帽子と鋤を装備したミノ太郎と共に畑を作ってしまった。

「首都で流行っていて、この辺りでもそのペットブームがきているそうですよ」

「ペットって……」

ギルドへ行くために、一応小綺麗な外出着を着ていたラーハルトは、上着を脱ぐと、ブラシを持って庭を駆け回っていた炎馬を口笛で呼び寄せる。

ラーハルトの持つブラシに気がついた炎馬が、嬉しそうに駆け寄ってきたので、燃える鬣《たてがみ》に気をつけながらブラッシングをしていく。

「まぁ……イカつい名前のわりに可愛い見た目をしてますから、人気が出るのも分かりますけど」

爆弾鼠とは、主に森の奥に生息している小型の魔物である。

名前の通りその容姿は齧歯類《げっしるい》のモルモットに似ており、性格も温厚で訓練も容易《たやす》い魔物である。

一点特殊なのは、彼らの餌だ。

彼らは口から食物を摂取することはなく、大気や自然物に宿《やど》る微々たる魔力を体に取り込むことで栄養補給をしている。

従魔術師以外の一般人がペットとして飼育する際には、生活魔道具から発せられている魔力を勝手に取り込むとかで、餌代が別途かからないのもブームを加速させている理由の一端だろう。

「なんか今は、爆弾鼠のブリーダーなんてのもいるらしいですよ。その内うちにも譲渡の問い合わせがきそうな勢いで」

「あのねぇ、呑気《のんき》に喋《しゃべ》ってるけど、あんた爆弾鼠のあの特性について――」

「ちゃ、ちゃんと知ってますよ！　爆弾鼠は」

そこで、「すみませーん！」と玄関から大きな呼び掛けが聞こえ、二人は話を中断した。農具を置いたツバキが玄関へと向かう。

遠くから時折聞こえてくるツバキの怒りの説教を聞きながら、ラーハルトは炎馬のブラッシングを進める。

「それにしても、冒険小説か……たまには読書もいいかもな」

『ヒヒーン！　ブルルッ……』

「あっづ!!　ごめんて！　ちゃんと集中してブラッシングさせていただきます！」

『ブルッ』

鬣が燃え盛る炎であることを除《のぞ》けば、まるで優雅な貴族の飼い馬のような姿だ。その炎馬が「他のことを考えながらこの私のブラシをかけるな！」とでも言わんばかりに歯茎《はぐき》を剥き出して鼻を鳴らす。

それに対して大袈裟《おおげさ》に腰を曲げて謝りながら、炎馬相手に許しを乞《こ》うている自分の姿を想像して、ラーハルトはなんとなくおかしくなる。

従魔術を介した直接の主従でなくとも、段々とここにいる魔物達と打ち解け始められているような気がして、ラーハルトはちょっと焦《こ》げてしまった指先を見てふっと頬を緩めた。

ここの生活は正直、従魔術師パーティに加入していた時よりも忙しく大変だけれど、毎日楽しいな、と。

◆

それから数日後、ラーハルトとツバキは荷物持ちとしてミノ太郎を連れ、村の中心まで買い出しに出掛けていた。

そこでもやはり、冒険者ギルドにいたあの女の子二人組のように、爆弾鼠について聞いてくる人が多い。ちゃっかり預かり処のチラシを毎回渡しながら、本当に流行しているんだなぁ、とラーハルトがしみじみ感じていると、ふいに隣を歩いていたツバキがピタリと足を止める。

「ツバキ師匠？　どうかしました？」

「……家で飼うんじゃなくて、連れて歩くことも流行ってるわけ？」

「え？」

ツバキに言われ周囲をよくよく見てみれば、確かに爆弾鼠を腕に直接抱いていたり、肩に乗せて歩いたりしている人がちらほらいる。

「あー……、なるほど。俺も流行の元だっていう冒険小説を読み始めたんですけど、小説の中で主人公が爆弾鼠をいつも肩に乗せてる描写があるんですよ。それまで真似してるんですね」

「ちょっと良くない傾向だな……よし。ラーハルト、ちょっと冒険者ギルドに寄ろう」

「え？　ちょ、ちょっと！　師匠！」

『ブモーッ！』

「ぶへっっ!!」

くるりと勢いよく方向転換をしたツバキに倣《なら》って、ミノ太郎もグルリ！　と勢いよく体の向きを変える。と、先端にふさふさしたものがついた太い鞭のような尻尾がラーハルトの顔面に激突する。

地面にうずくまり痛みに呻くラーハルトが、しばらくして涙目で起き上がると、もうその場にはツバキの姿はない。痛みとは別の理由で滲んできた涙を飲み込んで、ラーハルトはダッシュで冒険者ギルドまで向かった。


「だから！　ああいうのはまずいんだって！」

ラーハルトがダッシュで向かった冒険者ギルドの受付では、ツバキがその場にいた受付係に向かって何かを叫び、ちょっとした人集《ひとだか》りができていた。

「ちょちょちょ、ツバキ師匠！　一体どうしたんですか!?」

「ラーハルト！」

「ラーハルトさぁん！」

「えっ⁉　……なん、ですか⁉」

人集りを割って中央へ進み出れば、二対の瞳がぎろりとラーハルトを射抜く。

片方は苛立ったツバキで、もう片方は縁があるのか、またもやいつぞやの受付係のお姉さんだった。

お姉さんから縋《すが》るような目線を受けたラーハルトは、とりあえず今にも掴みかかりそうなツバキをどうどう、と宥《なだ》める。

「師匠、俺にも説明してください！　さっきの通りで何があったっていうんですか？」

「だから、爆弾鼠！　ラーハルトも見たでしょ⁉　ああいう飼い方はまずい！」

「ああいうって……肩に乗せるってことですか？」

「っていうか、さっきの爆弾鼠の様子を見るに、多分きちんと爆弾鼠の知識もなく飼ってる気がするんだって！」

ざわざわと騒ぎがギルド中に広がっていく。どうしたどうした、と奥から他のギルドスタッフも出てき始めたところで――

ドッガァァァァアアアン‼

「⁉」

「なんだ⁉」

「広場の方だ！」

「おい！　怪我人がいるぞ!!」

「医者と警邏隊《けいらたい》の奴ら呼んでこい!!」

「きゃあああ!!」

突然爆発音が響き、辺りは一気に騒然となった。

村の広場で突如起こった爆発騒ぎに、居合わせた人々はパニックを起こしていたが、すぐに到着した警邏隊の素早い対応によって冷静さを取り戻した。

怪我人は出たものの、幸《さいわ》い死者はいない。集まった人々が安堵のため息を吐いていると、その場で応急手当を受けていた怪我人の一人がヒステリックな金切り声を上げた。

「鼠!!　あの鼠が爆発したの!!」

震える指先が指し示したのは、チュウ、と愛らしく鳴く爆弾鼠だった。

◆

「あなたが従魔術師のツバキさんですね？」

「そうだけど」

冒険者ギルドの三階奥。応接室の一つであるその部屋では、重苦しい空気の中、ツバキとラーハルト、ギルド長、受付係のお姉さん、そして警邏隊の班長を名乗る人物が向き合っていた。

今までの人生において、警邏隊のような役人と関わることの少なかったラーハルトは、この状況に緊張するが、ツバキはケロッとしている。

「お時間をいただいて申し訳ありませんが、いくつか質問をさせてください」

「どうぞ」

班長は懐《ふところ》から取り出したメモにペンを走らせながらツバキに尋《たず》ねる。

「まず、先ほど広場で起こった爆発騒ぎですが、怪我人の内一人が連れていたペットの魔物が原因のようです。そのことについて従魔術師の見解が聞きたい」

「魔物を本当にただの可愛いペットだとでも思ってるの？　いくら見た目が可愛いモルモットもどきだからって、魔物は魔物。本当になんの危険性もないとでも？」

「！」

ピクリ、と班長の眉間に皺が寄る。

二人のやり取りをハラハラしながら横で見守っていたラーハルトは、なぜか挑発的な態度のツバキに慌てて待ったをかけた。

「わ、わーっ！　ちょっと落ち着きましょう師匠！　ね！」

「落ち着いてるけど。落ち着いてないのはあんたでしょ。私は苛ついてるだけ」

「うぐぅ……」

ツバキの態度を見て、班長がラーハルトへ視線を移す。

「ラーハルトさん。あなたも従魔術師でしたね。私は従魔術師でなく、魔物の知識もあなたがたほど深くない。爆弾鼠についてお聞かせくださいませんか？」

「え？　あ、はい……」

ラーハルトは、部屋の中のツバキ以外の三人に見つめられていることに、ドギマギしながらもゆっくりと口を動かす。

「爆弾鼠は、温和な性格で訓練もしやすく、従魔術師以外の人でもペットとして飼育することが可能な魔物の一種です。ですが……ある特性があり、そのことを十分に熟知《じゅくち》していないと、時に危険な一面を見せます」

「ある特性、ですか？」

「はい。彼らは普通、森の奥など人目に触れない場所で生活しているので、従魔術師以外の方にその特性をあまり知られていないのも無理はありません。ブームになる前はペットとして飼う一般の人も少なかったでしょうし……」
・・・ある特性。
それはブームを助長する一端ともなった、餌代が別途かからないという一見するとプラスに思えるもの。

「彼らの栄養源は魔力なんです」

ラーハルトの言葉に、班長は真剣に頷く。

「ああ、それは聞いたことがあります。生活魔道具から漏れ出るような微々たる量で足りると。それもあってペットとして飼う人が増えていると」

「いや、あの、これには続きがあってですね……」

そこまで話したところで、冒険者ギルドのギルド長があぁっ！　と合点がいったように声を上げる。

従魔術を少しでも習った者であれば当然持っている知識だったがゆえ、逆に思い至らなかった。

「もしや、一般の方ってガス抜きをさせてないのですかな⁉」

「は？　ガス抜き、ですか？」

「やっぱり……」

なるほどといった顔のギルド長と置いてけぼりをくっている班長を前に、それまで静観していたツバキがため息を吐いて後を続ける。

「爆弾鼠、なんて名前が付いてるのよ。爆発くらいするわ。それとも何？　可愛さ爆弾級みたいに思ってたの？　そんなネーミングセンス持ってる奴の正気を疑うよ」

「え～……」

ツバキの口からネーミングセンスについての指摘が飛び出るとは思わなかったラーハルトは、一瞬口端を引き攣らせる、が。

「コホン！　……して、そのガス抜きとは？」

班長の問いに、ハッとしたラーハルトは意識をツバキから班長へと戻して答える。

「ええっと、食べ物を食べたら、動物だって人間だって排泄《はいせつ》をするでしょう？　爆弾鼠も同じです。魔力を食べ、そして排泄をするんです。まるで爆発のようなオナラを」

「……オナラ、ですか？」

「はい。どうして糞尿ではなくオナラなのかは従魔術師の中でも分かってないんですけど……」

予想外の答えだったのか、ぽかんと口を開けた班長に、ギルド長がもう少し細かく付け加える。

「ですので、爆弾鼠をテイム、ないし飼育する際にはこまめに排泄を促《うなが》してやり、ガス抜きをさせる必要があるのです。その方法も従魔術師であれば熟知しておりますが……」

話しながら、今回どういった問題があったのか段々と分かり始めたギルド長は、もごもごと言葉尻を濁《にご》した。

そんなギルド長とは対照的に、ツバキははっきりと告げる。

「怪我した飼育者の様子を見る限り、知らなかったんだろうね」

「もしかして、爆弾鼠をペットとして売ってる従魔術師が、きちんと説明していないってことですか？」

ラーハルトの質問に、ツバキが頷く。

「だろうね。ブームとやらに乗っかって商売になると思ったのか、はたまた売れ過ぎてそこまで手が回らなかったか……」

ううむ、と五人は唸る。

そしてパタリ、とメモを閉じた班長が、顔を上げてギルド長に向き直る。

「ひとまず、爆発騒動の原因は判明しました。ご協力に感謝致します。今お話しいただいたことが原因だとしたら、また別の爆発が起こる可能性も否《いな》めませんので、国全体の冒険者ギルドに報告を飛ばしていただけますか？」

「はい！　すぐに取り掛かります」

「よろしくお願い致します。警邏隊としましても、上に報告を上げて国全体に注意喚起をしますので」

テキパキと今後の流れを指示しつつ、立ち上がった班長は部屋の扉の取手を掴む。

が、そのまま扉を開くことはせずに、一度立ち止まり振り返る。

「……それはそうと、ツバキさん。あなたは広場で爆発が起きる前、その可能性を危惧《きぐ》し騒ぎを起こしていたと他の方からお聞きしました。どうして爆弾鼠のガス抜きを行っておらず危ない、と気づいたのでしょうか？」

一応立ち上がり、班長を見送る姿勢だったツバキが、なんてこともないように言う。

「そんなの。毛艶《けづや》の調子を見れば便秘かどうかなんて分かる」

ラーハルトは、その日ちょっぴり自信をなくした。

◆

広場での騒動から数日後。冒険者ギルドを中心に、爆弾鼠の飼育に関する注意喚起が迅速に行われ、その後ペットとして飼育されている爆弾鼠による爆発騒動は起こることはなかった。

しかし、餌代のかからないお手軽なペットというイメージは、ガス抜きという日々のケアが必須で少々面倒くさく、危ないペットというイメージにすっかり上書きされてしまい……爆弾鼠のペットブームは急速に鎮火《ちんか》したのだった。

そしてそれがどういう結果をもたらしたのかというと、ツバキの懸念《けねん》の通り。

飼育放棄された、または大量に繁殖させたはいいが、売れ残ってしまいどうにもならなくなった爆弾鼠が、大量に預かり処に持ち込まれることとなったのだった。

「……こうなることが目に見えていた～～」

「あはは……は……」

元は森の奥に住まう魔物なので、庭での飼育で問題はないが、いかんせん数が多い。

不幸中の幸いだったのは、滅多に鳴き声を上げる魔物ではなかったことだろう。騒音クレーム案件は極彩鳥だけでお腹いっぱいである。

『もういっそ、他の従魔達《やつら》の餌にしちまったらどうだ？』

「えっ⁉」

「いや、さすがにそれはちょっと……」

サザンカの提案に、ラーハルトは顔色を変え、ツバキも眉をひそめて反対する。

「でも、爆発するオナラのイメージが浸透してから、ペットとして飼いたいって人があからさまに減りましたよね……譲渡希望も中々なさそうですね」

「う〜ん……」

ツバキ達の住居兼預かり処は、飼育するスペースには余裕がある村外れの一軒家だが、そもそも世話をする人間は二人しかいない。

これから毎朝の極彩鳥とのハモリに加えて、この爆弾鼠達一匹一匹のガス抜きも毎日の業務に加わるのか……と、ラーハルトは少し気が遠くなった。

「う〜ん、よし。よし！　もういっそ、ふれあいコーナーを庭に作ろう！」

「……へ？　ふれあいコーナー、ですか？」

「うん！　前から庭を覗いていく人も多かったし、ここにいる子達を見学できるスペースを作ろう！　ちょっと囲いと、ベンチとかも作って設置してさ」

「……ツバキ師匠、農作業してから物作り系ハマってますよね」

既にツバキの中では決定事項なのか、囲いの大きさはこのくらいでー、ベンチはここところとー、と庭を歩きながら話す彼女に対して、ラーハルトは苦笑をこぼす。

「うん……うん！　ついでに見学客には、オプションとして爆弾鼠のガス抜き体験をさせて、私達の仕事を減らそう」

「そ、れは……いい考えですね⁉」

「だろう」

ツバキの提案に、ラーハルトも嬉々として賛成の声を上げると、率先してふれあいコーナーのアイデアを出していく。具体的な体験コースや、爆弾鼠以外にも触れ合える従魔がいてもいいのでは？　と話が進んだところで、ツバキがパチンと指を鳴らす。

「よし。もうお金を取ろう」

「え？」

「預かり処なんだから、運営費を稼いでもいいはずだよ。ていうか正直、一件二件低ランクの依頼を受けたところで、この子達全員の食費を賄《まかな》えないところまできている」

「ぐっ……すみません……まだ俺が単独で依頼を受けられなくて……」

「いや、最近けっこう考えてたんだよね。本気で従魔の預かり処をやっていくなら、突発的な収入だけじゃなくて、継続的な収入を得る方法を確保する必要があるなって。今回の爆弾鼠達は想定外だったけど、いい機会だと私は思う」

「ツバキ師匠……っ」

面倒くさがりで、たまに少し言葉が足りなくて、ちょっと変わった人だけれど。

従魔に対する姿勢はどこまでも真摯《しんし》で、ラーハルトはそういうところに惹《ひ》かれたのだと、改めてツバキのことを尊敬の眼差《まなざ》しで見つめる。

「はい!!」

「おし！　じゃあ、そうと決まれば早速ふれあいコーナー設置の準備だ!!」

「私は囲いの製作に取り掛かるから、ラーハルト！　しばらく従魔達のお世話いっぱいよろしくね」

「はい!!　……はい？」

どこから取り出したのか、頭にタオルを巻き、ノコギリを手にしたツバキが、木材の調達をしてくると言ってヒラリとサザンカの背に跨る。

「えっ!?　ちょっと！　今から行くんですか!?　従魔達のご飯は!?　掃除は!?　爆弾鼠のガス抜きは!?」

「善は急げって昔の偉い人が言ってたし。じゃっ」

「ちょっとぉ!?　師匠！　師匠――――っ!!」

つむじ風を残して、あっという間に走り去っていったツバキへ手を伸ばした格好のまま、ラーハルトは思った。

従魔への真摯な態度と同じくらい、いや半分……せめて三分の一でも、弟子に対する思いやりをください、と。

第四章　あいだに立つ

ツバキの自宅兼預かり処の庭に、従魔との有料ふれあいコーナーを設《もう》けてから、そこは思いの外日々賑わっていた。

新米従魔術師から、ペットが欲しい一般人、さらにはちょっとした癒《いや》しを求めて、等々。

目的の違いはあれど、ふれあいコーナーを始める以前とは比べるべくもなく、預かり処は人々の注目を集めていた。

「みなさーん！　それではこれから、爆弾鼠のガス抜き体験を始めましょう！」

預かり処特製エプロン（有料）と軍手（有料）を着けた参加者が集まっている。

「みなさんエプロンと軍手は大丈夫ですね？　無料の貸し出しもありますけど、特製ワッペンのついたものも売ってますので、良かったら今日の記念に覗いてみてください！　エプロン以外の小物も置いてます！」

ちゃっかり売店の宣伝を挟みつつ、ラーハルトはコーナーの囲いのそばにある掲示板に貼られた従魔についての注意点を、細かく丁寧に参加者へ伝えていく。

「今日みなさんに体験してもらうのは、爆弾鼠のガス抜きです。特に難しい技術等は必要ありませんが、爆弾鼠をテイムないし飼育する際には大切なケアになります。以前、村の広場で起こった騒ぎについて知っている人はいますか？」

「はい！　怪我人も出た爆発騒ぎですよね？」

「そうです」

「あの……そのガス抜きって危なくないんですか？　爆発しちゃうんですよね？」

「毎日のケアを怠《おこた》っていると、周囲に被害を出すような爆発を起こしてしまうこともありますが、基本的には毎日きちんとケアしてあげていれば危険なことはないですよ」

「へぇ、そうなんですね。知らなかったです」

以前起こった爆発騒ぎを知るだけに不安がっている体験参加者達。そんな彼らを安心させるようにラーハルトは微笑んでみせる。

そして、簡単なので実際にやってみせますね、と囲いの中に入り、近くにいた爆弾鼠を一匹ひょいと抱き上げた。

「小さいお子さんや手の小さい方にはちょっと難しいかも知れないですが、爆弾鼠をこう、片手で持ちます。そして濡れたタオルでお尻を優しくぐりぐり～っと撫でます」

顔の高さまで持ち上げた爆弾鼠のお尻を、ラーハルトが濡れタオルで優しく撫でる。

すると、少ししてそのお尻から小さな空気音が鳴る。

——ぷすぅ～。

「はい、これでガス抜きは終わりです！　簡単でしょう？　ただし、お尻を撫でる時はお尻を自分の方へ向けないこと！　ガスと言っても、ようは爆弾鼠のオナラなので。顔面で浴びたいという奇特な方は、自分の方へ爆弾鼠のお尻を向けてやってください」

ラーハルトの実践を見守っていた参加者から、ドッと笑い声が上がる。

段々とこのやり取りが鉄板になってきているラーハルトなのだった。


この日最後のふれあいコーナー体験者を見送ったラーハルトは、自身の魔力を餌として爆弾鼠達に与えてから、他の従魔達の世話をしていたツバキのもとへ合流した。

野生の三つ目烏達が鳴く西の空は、燃えるような橙色《だいだいいろ》をしている。

「ラーハルト、お疲れ様！　そっちは特に問題はなかった？」

「お疲れ様です。特に問題はありませんでしたよ。一人、駆け出しの従魔術師の男性が譲渡希望とのことで、また後日来ることになってます」

「爆弾鼠？」

「いえ、たまたまふれあい中に囲いに近寄ってきていたジョゼフィーヌを見て、ぜひ彼女をと」

「ジョゼ……え？」

ラーハルトの口からまろび出た、まったく聞きなれない単語に、ツバキが思わず作業の手を止めて聞き返す。

「……あっ！　すみません、炎馬です、炎馬！」

「……今あんたジョゼフィーヌって」

「ちちち違うんです！　ちょっと、あの、もし俺がテイムできたら、その～……こう名づけるのになぁって……あれです……」

「ジョゼフィーヌ……」

「もう！　ツバキ師匠！　言わなくていいですから!!」

こっそり自分の中だけで呼んでいた愛称を口走ってしまったラーハルトは、その愛称が少々大仰なことを自覚しているのか、頬を赤らめてわぁわぁ！　と無駄に騒ぐ。

ちなみに、残念ながら炎馬のテイムも成功しなかった。

毎日丁寧にブラシをかけ、すっかり愛着が湧いてしまった炎馬を送り出すのは少し寂しい。しかし、炎馬を大切にしてくれる新たな主人が現れたのならば笑顔で送り出してやりたい、とラーハルトはツバキへ訴える。

「そっか、炎馬をね。うーん……とりあえずその人が炎馬をテイムできたとしても、その後どうなるかな……」

「何か問題でもあるんですか？」

「……ちなみにその譲渡希望の人って冒険者？　炎馬に乗って冒険したい感じ？」

「はい。特にパーティはまだ組んでないみたいですけど、これから首都へ向かってそっちで本格的に冒険者業をするみたいですよ。乗って冒険したいのかまでは……」

ラーハルトがいまいち要領を得ない確認をしてくるツバキへの返答に困っている中、なにやら一人で納得がいったらしいツバキはうんうんと頷く。

「まぁ、会ってみれば大丈夫か大丈夫じゃないかすぐ分かるか」

「？　はぁ……そういえばあの炎馬って、元からツバキ師匠の従魔なんですか？」

庭のそこかしこに落ちている糞を箒で一つに集めながら、ラーハルトは気になっていたことをツバキに尋ねる。

するとツバキからは、ラーハルトの予想に反して否、の返事が返ってきた。

「ううん。昔ここに住み始めた頃に勝手に庭に迷い込んできたの。それを追ってきた主人の従魔術師となんやかんやあって今に至る」

「へぇ、そうだったんですね。でも、炎馬ってこの辺りでも首都でも中々見かけない珍しい魔物ですよね。それを手放すなんて、よっぽど深刻な問題でもあったんですねぇ、その従魔術師は」

「うーん、従魔術師にというか……まぁ、顔合わせの日になれば分かる。あと今更ながらあんたの有能さを実感してるよ、私は」

「はぁ……ありがとうございます？」

集めた糞を畑用の肥料作りの山へ積むと、ラーハルトはツバキの背を追って家の中へと入っていった。

それから数日後、炎馬の譲渡を希望している駆け出しの従魔術師の男性が預かり処を訪れた。

出迎えたツバキと軽く挨拶を交わし、ツバキの横を陣取っているサザンカに「フェフェフェ、フェンリル……!?」と驚くというお決まりのプチ騒動を起こしてから、談笑を交え庭へと進む。

庭では、既にラーハルトが炎馬を連れて対面の準備を済ませていた。

「こんにちは」

「あ、こんにちは。先日はありがとうございました！　体験コーナー、楽しかったです」

「こちらこそありがとうございます！　では、早速ですが改めて紹介しますね。雌の炎馬で、野生だったところを前の主人である従魔術師がテイムした個体になります」

『ブルルッ！』

「う、わぁ……！　近くで見ると、また綺麗な魔物ですね……！」

ラーハルトに連れられ、近くまで寄ってきた炎馬の姿に、男性は感嘆の声を上げる。

一般的に凶暴な性格で知られるユニコーンとは違い、大人しい性格である炎馬は、初対面の人間相手でも興奮もせず鼻先をそっと寄せてくる。

よほど炎馬を気に入ったのだろう、興奮に頬を上気させた男性が炎馬に夢中になっている間に、男性と共に近くまで来ていたツバキへ、ラーハルトはこそっと耳打ちをする。

「ツバキ師匠。言われた通りに炎馬に鞍《くら》と馬銜《はみ》を着けてきましたけど、一体どうするんですか？」

「どうするって、そりゃ馬に鞍着けたなら乗るに決まってるでしょ」

「え？　今日ってテイム可能かどうか確かめに来たんですよね？」

「いいから、いいから。私に任せときなさい」

「はぁ……？」

ラーハルトから炎馬の手綱を預かったツバキが男性へ声をかける。

「ところで、あなたは冒険者としてこれからやっていくんですよね？　従魔術以外に扱える魔法はありますか？」

「あ、いいえ、自分は簡単な生活魔法くらいはできるんですが、職業にするような攻撃魔法やらは従魔術以外からきしで……」

「何かスキル等はお持ちですか？」

「ええっと、冒険者として役立つようなスキルは……なので、機動力もあって攻撃力もある炎馬を最初のパートナーにして、道中他の魔物をテイムしながら首都へ行って、魔法使いのいるパーティを探そうと思っています」

男性の答えにふんふん、と頷いていたツバキが念を押すように確認をする。

「機動力を気にするってことは、やはり炎馬に乗りたいとお考えですか？」

「はい。ちょっとお金が入り用で、なるべく急いで首都へ向かいたくて」

「なるほど……分かりました。じゃあ、ラーハルト！　ちょっとこれ持って……そう、で、ここで構えてて」

「へ？　これって……ただのホース、ですか？」

ツバキがラーハルトに握らせたのは、畑仕事をする際に使用するホースだった。

「うん、そう。蛇口《じゃぐち》の所にはサザンカがいるからよろしく」

「はぁ？」

『おーう、こっちは任せろ！』

困惑したままのラーハルトをよそに、ツバキは男性に向き直るとニッと笑う。

「よし。それじゃあ、あなたと炎馬の相性を確かめる前に、とりあえず乗ってみましょうか！」

「え⁉　テイムもせず、いきなり……ですか⁉」

ぎょっと目を剝く男性に、ツバキはその背をバシバシと叩きながら大丈夫だと笑う。

「炎馬は大人しい性格のやつが多い。特にこいつはここで不特定多数の人間と会ってよく慣れているし、本気で駆け回るならまだしも、背に乗るくらいなら問題はないですよ」

「は、はぁ……」

「私も横について手綱を握ってますから。言うより実際にやってみた方が、理解も早いかと思いますので」

「理解、ですか？」

ツバキに背を押され、男性が炎馬の横に置かれた踏み台に片足をかける。

と、ツバキがボソリと不穏《ふおん》な一言を呟く。

「簡単な回復魔法も使えますから」

「え？」

男性が、鳴き声も上げず静かに待つ炎馬の背に跨ったその瞬間、炎が燃え上がる。

「つうわあああ⁉」

風にふわふわと靡《なび》いていた鬣、いや炎が、火花をばちばちと爆ぜさせながら一気に燃え上がり、背に跨がる男性の体を包む。

「ぎゃ――――⁉」

「ラーハルト‼　消火‼」

「はいぃぃぃぃいいい‼」

その光景を目の当たりにしたラーハルトは、反射的に絶叫を上げた。

そしてツバキに言われるがままに、炎馬の背から転がり落ち、地面に倒れる男性に向かって、水量マックスのホースの先を向ける。

そこにすかさずツバキが回復魔法をかけた。

炎はすっかり消え、衣服は多少焦げてしまったが、男性は火傷一つ負うことはなかった。しかし未だ恐怖に彼が歯をガチガチと鳴らしていると、ツバキが苦笑して告げる。

「炎馬はね、火への絶対耐性持ちか、魔法防御術習得者、もしくは高額の火耐性防具一式を揃えないと乗れないんですよ。なにせ鬣、あの通り燃えてますから」

職業や希望に関係なく、生まれながらに持つ体質のようなそれ。

〝火耐性〟は読んで字の如《ごと》く、火への抵抗力が著しく高いことを指す。

火耐性の他にも、水耐性や雷耐性など多くの耐性が存在するが、専門機関できちんと検査をしなければ、正確なところは耐性所持者本人にも分からなかったりする。

「……」

「ちなみに、今着けてる馬具一式も専用の火耐性が付いているもので、お高いです」

「……」

呆然とツバキを凝視する男性に代わり、その一部始終を見ていたラーハルトが一拍遅れてツッコむ。

「いや、先に口で言ってくださいよ!!」


その後、もちろん炎馬の譲渡の話はなくなった。異常者を見る目でツバキを見て、無言のまま去っていった男性の姿が完全に見えなくなってから、ラーハルトはツバキへ抗議した。

「ちょっと！　師匠！　あれはないでしょうが!?」

「だってあの人、絶対に炎馬に乗りたいって言ってたし……見たところ火耐性のある防具も着けてなかったから、もちろん絶対耐性を持ってると思って……」

「なるほど……」

珍しくしゅん、としているツバキの姿に、理由も聞かず一方的に責めてしまった、とラーハルトが反省しかけた時。ん？　と小さな疑問が湧く。

「あれ？　でも師匠、俺にホースを持たせて待機させましたよね!?　ってことは、あの人が火への絶対耐性を持ってないことに気づいてましたよね!?　ねえ!?」

「ちっ。段々反抗的になってきたなこいつ」

「師匠!?」

一つため息をこぼすと、ツバキは面倒そうに無茶をした理由を説明し出す。

「庭に行くまでにちょっとあの人と話したんだけど、凄く従魔術師っていうのに理想を持ってた。どの魔物をテイムして、どんな冒険をするのかって」

「それは……良いことなんじゃないですか？」

「うん。それ自体を悪いとは言わないよ。誰にだって理想の自分はある。でも、あの人の場合は現在の現実《じぶん》をきちんと把握して受け入れているようには見えなかった。現に炎馬をテイムしたいっていうわりには、絶対耐性のことについても調べていなかったし。そういう人にはあなたには無理です、できませんって言ったところで納得しないでしょ」

「っでも、あのやり方はいくらなんでも……！」

きついことを言うようだけど、とツバキはラーハルトの言葉を遮《さえぎ》る。

「無理やりテイムして、それでやっぱり乗れないから要らないですってなった時に一番割を食うのは誰？　私達が預かり処《ここ》やってるのって、そういう子を一匹でも出さないためじゃないの？」

「そっ！　れは……そう、です……けど！　師匠はもうちょっと人間相手にも優しくしてくれたっていいと……思うんです、けど」

ツバキの言い分が厳しくも正しいことだと知っているため、ラーハルトの反論の言葉は尻すぼみになる。

少々重たくなってしまった場の空気に、きついことを言った自覚があるのか、ツバキは少し居心地が悪そうに目を泳がせてから、俯《うつむ》くラーハルトへ明るく声をかける。

「も、問題はさておき！　あんた気づいてないみたいだけど、ちょっとした火耐性持ってるんだから、愛しのジョゼフィーヌに乗ってくれば？」

「あっ！　愛称《それ》はもういいです……って、えっ!?　俺って火耐性持ってるんですか!?」

「じゃなきゃ炎馬にブラッシングなんてできないでしょ。まぁ、ちょっとお尻が焦げるくらいで済むよ」

「うわ～……知らなかった……でも、それなら炎馬をテイムしている従魔術師が少ないのも納得ですね。炎馬自体、珍し過ぎて俺も知らなかったです」

「まぁ、見た目からちょっと考えれば分かると思うけどね。前の主人が炎馬を手放したのも同じ理由だよ」

「あ～、なるほど……」

いつもの調子を取り戻した二人は、鞍を着けっぱなしにしてしまっている炎馬のもとへと戻る。

「にしても、次はその絶対耐性とやらを持っているか、超お金持ちの従魔術師がやってきてくれるといいですね～」

「そうだね。もしくはもう、いっそ従魔術師以外とかね」

「ペットとしてですか？　まぁ、乗らなければそれでもいいのかな……？」

「案外、従魔術師以外の職業で炎馬を必要とする人がいるかもよ」

ともかくこれで、ジョゼフィーヌとの別れはもうしばらく先になりそうだ、とラーハルトは内心で喜んだ。

◆

呼吸の度に喉を焼くような、熱気が渦巻く室内。

その熱は肌を舐め、踊る火花が瞳を照らす。

「……はぁっ……はっ」

振り下ろされる金槌が作り出す音に、耳鳴りがする。

額を滑る汗が見開いた目に入り沁《し》みるが、それをぬぐうための腕はない。

——カーン！　カーン！　カーン！

叩く。叩く。叩く。

叩き上げる、その鈍い塊が鋭い光を放つまで。

やがてずっと鳴り響いていた音が止んだ。一心不乱に金槌を振り下ろし続けていた男が、滝のように流れ出る汗で顔を濡らしたまま、金槌を握り締めていた手とは別の手に掴んだものをそっと真上にかざす。

それは高窓から差し込んだ陽光を反射し、ぎらりと男の瞳孔の開いた瞳を映し出した。

「……違う……違う……っ！　これじゃない……!!」

そしてまた、金槌の振り下ろされる音が響き出した。

◆

ぽかぽかの昼下がり。

ラーハルトは、預かり処を訪れた、村の冒険者ギルドの職員の相手をしていた。

帰っていくギルド職員をにこにこと笑顔で見送り玄関の戸をくぐると、突如家の中からツバキの悲鳴が聞こえてきた。

ラーハルトは慌ててリビングへと駆け込む。

「ツバキ師匠っ!?　なにが――っ」

「きゃー!!　天才天才天才っ!!」

「――あった……んですか？」

何か非常事態が起こったのか、悪い予感に跳ねる心臓と共に駆け込んだリビングは、いつもとなんら変わりなく。いつもの毛玉猫三匹に囲まれたツバキとサザンカの前で、ラーハルトはぱちくりとまばたきを繰り返す。

「あっ、ラーハルトいいところに！　ちょっと見てこれ！」

「……毛玉猫がどうかしたんですか？」

先ほどのラーハルトよりもにっこにこの笑顔のツバキが、掃除用具のハタキを握り締めてそれを前へと突き出す。

「いいから見てて！　……いくよ、毛玉達。せーのっ、オダンゴ！」

『みゃー！』

『みゃぁ～ん』

『みーみー！』

「オダ……え？」

アンコ、キナコ、ヨモギが、ツバキの謎の掛け声に合わせてひょいひょいひょいっ！　とハタキに飛び掛かった。そして、あるんだかないんだか分からないほど短い脚で、ハタキの柄部分に一列にしがみつく。

「天才！　美味しそう……お団子そのものだよ……！」

「……えーと師匠、それは……」

『はぁ……お団子っつってな、串に丸い形の食材を刺した菓子がツバキの故郷にはあるんだよ。毛《そ》玉猫達《いつら》が丸まって棒にくっついてる姿がそれに似てるんだと』

既に散々芸を見せられ続けたサザンカが、やれやれと鼻を鳴らしてラーハルトへ説明してやる。

『なんか、毛玉達に訓練をしてたら芸を仕込み始めてな……畑作り然《しか》り、囲い作り然り、ツバキはたまにわけの分からん情熱をみせることがあるんだ。適当に流してくれ』

「へ、へえ……そうなんだ」

ツバキの故郷のお菓子であるという、オダンゴなるものを知らないラーハルトは、どう反応するべきなのか分からず言葉に詰まる。

が、わざわざ見せてきたわりに、ツバキはラーハルトの反応には興味なさそうだ。毛玉猫達を褒めている彼女を一瞥《いちべつ》して、ラーハルトは気持ちげっそりとしたサザンカへ話を振る。

「ところで、今冒険者ギルドの職員が来て、うちと定期契約したいって話でさ。もしかしたら定期収入が手に入るかも」

『おお、そりゃ良い話じゃねえか。何するんだって？』

「うちの妖精兎から鱗粉を定期的に採取したいって。低ランク冒険者への依頼によくあるんだけど、中々必要な量が集まらないらしいよ」

『ほ〜、いいんじゃねぇか。ま、ツバキには後で話そうぜ』

「そうだね……なんかまた別の芸仕込み始めてるし……」

何やら今度は布を良い感じに広げて「枝豆！」とコマンドを発しているツバキを置いて、ラーハルトとサザンカは庭へと出ていった。

◆

ぼうっと空を眺めながら、長い髪を後ろで無造作に一括りにした男が歩く。

空が青い。ゆっくりと白い雲は流れ、そよぐ風に道端の草がさわさわと揺れる。

男はそういった自然を愛《め》でている、わけではなく。ただなんとなく視界に入ってくるものを見つめ、目的もなく歩いていた。

「……村外れまで来てしまったな〜」

しまった、うっかり。そんな言葉を一人口に出しつつ、しかし男は来た道を戻ることもなく、なんとなく足を動かし続ける。

「……あ、やべ。左右で違う靴《くつ》履《は》いてる……」

ふと視線を空から地面へ落とせば、左右別の靴を履いている自分の足。

それを見ても「なんか歩きにくいと思ったぁ」と言うだけ言って、あははと笑いながらも歩き続ける。

「……」

歩く。歩き続ける。

どこかへ行きたいわけでもなく、でも止まりたくはないから。何かに追われるように、かと思えば何も考えてないように。

そんな不思議な男の歩みを止めたのは、突然男の頭部を襲った衝撃だった。

――ガツン！

「いっ!!」

「……ぎゃ――――!!」

一風変わった造りの家と、真っ青な顔で駆け寄ってくる青年の姿が、薄れゆく男の視界に映って、そしてプツリと途切れた。

◆

「うわあああああ……ごめんなさいごめんなさい！　本当にごめんなさい……!!」

「……いえ～これくらい……大したことではないので～」

「本当に大丈夫ですか⁉　なんか意識朦朧《もうろう》としてませんか⁉　本当にまじでガチで大丈夫ですか⁉」

「あ～……元からこんなんなのでぇ……」

「すみません。重ね重ね失礼を働きすみません」

「や～……本当に大丈夫ですよ。頭を上げてくださ～い」

家の客室では、敷かれた布団の上に横になる男に向かって、ラーハルトがひたすら謝り倒す異様な光景が広がっている。

事の経緯は至ってシンプル。極彩鳥の卵を取ってきた帰りに、見事にすっ転んだラーハルトが抱えていた卵を放り投げてしまい、それが偶然預かり処の庭に面した道を歩いていたこの男の後頭部に直撃したのだ。

「あの、でも本当に……極彩鳥の卵って下手するとそこらの岩より硬くて……まじでたんこぶ以上の怪我してないんですか⁉」

「あはは、よく石頭って言われるから～。普段なら、頭を殴られたくらいで倒れもしないんだけどねぇ～。今日はちょっと、寝不足で～多分それでたんこぶができちゃったんですかね～」

「えぇえ……怪我させたこっちが言うのもあれですけど……あなた大丈夫ですか？　色んな意味で」

「元気ですよ～」

「……」

男の様子にラーハルトが言葉をなくしていると、客室の扉が開き、トレイに湯気の立つ皿を載せたツバキが部屋に入ってくる。

「あ、気づいた。うちのおバカがご迷惑をかけたみたいでごめんなさい。起き上がってて大丈夫？」

「あ、はい～」

「良かったら卵がゆ作ったから食べて。あなたなんだか栄養失調気味に見えるよ」

「あ～……どうも……はふっ、はふ……んっ。この卵すごい美味しい～！」

「なんたって産みたての極彩鳥の卵使ってるからね！　味はピカイチでしょ？」

ツバキの口から飛び出たまさかの事実に、ラーハルトがすかさずツバキの肩を掴んで揺さぶる。

「ちょっとぉ!?　嘘でしょ!?　まさかさっきの卵使っててんですか!?」

「え、うん。何か問題あった？」

「これが……自分を昏倒させた……卵の成れの果て……」

「ほら！　なんとなく感じが悪いじゃないですか!!」

「え～いいじゃん。屍を超えて強くなる的な？」

ぎゃんぎゃんと騒ぐラーハルトとツバキを眺めつつ、淀《よど》みなくスプーンを口に運び続けていた男が突然アハハ！　と声を上げた。それを聞いたラーハルトがぴたりと口を閉ざして男へ振り返る。

「あ、の。すみません！　気に障《さわ》ったのなら……っ」

「いや、いや。愉快《ゆかい》な人達だなぁと思って。こちらこそ、突然笑って失礼しました。卵がゆ、美味しいです。ありがとうございます～」

どこまでもぽやん、とした男の雰囲気に、怪我を負わせた負い目を感じてピリピリとした空気をまとっていたラーハルトも、無駄な肩の力を抜く。

そして、改めて怪我をさせてしまい申し訳ありませんでした、と頭を下げる。

「ところで、えーと……」

「……あっ。自分、アリオスといいます～」

「アリオスさん。私はここで、飼育しきれなくなった従魔の預かり処を営《いとな》んでるツバキといいます。あなたの頭に卵を投擲《とうてき》したのは、弟子のラーハルト」

「いやっ、言い方！」

すかさずツッコんだラーハルトを見て、アリオスが「あっはっは」と朗らかに笑う。

「ところで、もしかしてうちに何か用でした？」

「え？　特に用は～……ここが預かり処だっていうことも、知りませんでしたし～」

首を傾げて質問したツバキに対して、アリオスと名乗った男も首を傾げて返す。

「あ、そうなんですね。村外れまで来られる方って中々いないので……アリオスさんは、見たところ冒険者、でもないですよね？　どうしてわざわざうちの前を歩いてたんですか？」

ラーハルトの疑問に、アリオスはぽりぽりと自身の頬を掻き、どこまでも気の抜けた返答をする。

「いや〜、特にすることもなくて、でも何かしていたくて〜、とりあえず歩くか、みたいな〜」

「……はぁ」

この人相当なマイペースだ、と気づいた二人。だが、同じくマイペースなツバキは相手をするのが面倒だと思ったのか、タイミング良く空になった卵がゆのお皿を持って「じゃ、これ下げるから。ラーハルト、あとはよろしく」と言って早々と客室を去ってしまった。

部屋に二人きり。しかも初対面の被害者と加害者。

当然、居心地は最悪だが、アリオスを一人で放置するわけにもいかず、ラーハルトはなんとか話題を絞り出す。

「あ〜、え〜とぉ……ア、アリオスさんは何かお仕事はされてるんですか⁉　俺は一応、冒険者登録もしている従魔術師なんですが……あ、もしご興味がおありなら、保護している従魔達の見学でも〜、なんて……」

「へえ〜そういえば極彩鳥って魔物ですもんね〜」

「……」

微妙に会話のタイミングもズレているな、と感じつつも、ラーハルトが次の話題を必死で探していると、独自のテンポで話しているらしきアリオスが喋り出した。

「自分は冒険者ではないけど、冒険者とはよく会うよ〜」

「へ？　アリオスさんは、ギルド職員、とか？」

「いやいや～、自分、鍛冶屋《かじや》」

「へー……へえ⁉」

予想外のアリオスの職業に、ラーハルトは思わず素っ頓狂な声を出す。

勝手な話だが、鍛冶屋に対して無口で硬派！　厳格な職人！　といったイメージを抱いていた
ラーハルトは、目の前でふにゃふにゃと笑うアリオスとその職業が上手く結びつかなかった。

「ま～でも、ちょっと今スランプ気味で～……そうだな。気分転換に、散歩以外にもいつもと違うことするか～」

「え？」

「従魔達を見学したいな～」

「あ、うん……どうぞ……？」

とりあえず、とラーハルトはリビングでふわふわと転がっているだろう毛玉猫達の元へとアリオスを案内するのだった。


毛玉猫を見て、「丸いねぇ」。

妖精兎の鱗粉に触れて、「痺れるねぇ」。

そして農作業バージョンのミノタウロスのミノ太郎を見て「鋤を構えてるのが似合うねぇ」とそれぞれ感想を述べたアリオスは、楽しそうに魔物達を見学して回った。

一通り現在預かり処で生活している魔物を紹介し終わると、最後に庭のふれあいコーナーまでやってきて二人で囲いの中に入り、腹を見せ眠りこけていた爆弾鼠を膝に乗せて撫でる。

「どうですか？　気分転換になりましたか？」

「う～ん、そうだねぇ……個々の種類ごとに、より魔物《相手》の首を獲《と》れる武器の形の案は浮かんだかなぁ」

「ヒッ!?　的確に首を獲るイメージ湧かさないでくれます!?　ここにいる子達はみんな従魔術によるテイム、飼育が可能な子しかいませんからね!?　ちょっと!?　聞いてる!?」

わりと真剣な目で背筋が凍えることをアリオスが言うので、ラーハルトは思わずアリオスの膝でのほほんと寝息をたて続けている爆弾鼠をさっと自分の腕の中に回収する。

「あはは、まぁ、今は作る気ないけど～」

「作る気があったら作るんですか……？」

突然抱かれたことにより驚いて目覚めた爆弾鼠の鼻先を、節くれだった指でこしょこしょと撫でてやりながら、アリオスは橙色が滲み出してきた空を見上げる。

「うう～ん……今は正直、まったく作る気が起きないんだよねえ。これだっていう、アイデアも浮かばないし～……」

「そういえばアリオスさんは鍛冶屋って言ってましたけど、具体的にはどんなものを作っているんですか？　冒険者相手ってことはやっぱり剣とか？」

「そ～、自分は剣専門でやってるんだ～。長剣でも～短剣でも～投擲用の小刀とかも～。あ、あと凄い食に拘《こだわ》りのある冒険者に、包丁を打ったこともあるねぇ」

「そんなものまで作るんですか？」

「びっくりだよねぇ。でも普段中々やらないことだったから、結構楽しかったな～」

二人の頭上を三つ目烏がバサバサと音を立てて飛んでいく。

黒く大きな翼を広げ、鍛《きた》え上げられた強靭《きょうじん》な胸の筋肉を動かし、空を滑空する。

飛ぶために作られたその体は、しなやかでいっそ美しい。

その姿をぼうっと視界に収めて、アリオスはぽつぽつと、ラーハルトに伝えるともなくただ言葉をこぼす。

「打っても打っても、なにか、足りない気がするんだよねぇ……何か足りない。あと一つ。何か……」

「は、はぁ」

自分には分からない職人の世界だ、とラーハルトが返答に窮《きゅう》していると、小さい嘶《いなな》きが耳に届く。

「あっ!!」

「わぁ、どうしたっ？」

突然大声を出したラーハルトに驚き、アリオスの肩が跳ねる。

と、抱えていた爆弾鼠を地面に下ろしたラーハルトが慌てて立ち上がり、囲いの外へと出ていく。

「ジョゼフィーヌのブラッシングの時間忘れてた‼　すみませんアリオスさん！　ちょっとだけそこで待っていてもらえますか⁉」

「え？」

『……ーン……ヒヒーン！』

「うわっ！　今行く！　今行くから、囲いを壊すなぁ‼」

嘶きと共に蹄が地面を蹴り、土を跳ね上げる音を響かせる。

待ちきれなかった炎馬が、囲いを越えようと真っ直ぐに駆けてきていた。

『ヒヒーン‼　ブルルッ』

「あづっ！　あっついって！　ごめん！　すぐにブラシ掛けてやるから、まずはその鬣の炎を落ち着かせてくれ！」

『ブルルッ！』

ラーハルトの必死な宥《なだ》めも無視し、炎馬は上半身ごと持ち上げた前脚を揃え、勢いよくガヅン‼と打ち下ろす。

「ジョゼフィーヌ様、ジョゼちゃん？　ごめんな？　きょ、今日は高級オイルも付けるから、な？」

ラーハルトのゴマ擦《す》りに、炎馬はフンッ！　と荒々しく鼻息を漏らすと、怒りから後ろへ伏せさせていた耳を元に戻す。

そんな一人と一頭のやりとりを、アリオスは声もなく大きく見開いた目で見つめていた。

「……！」

燃え上がる鬣は風に靡いて、小さな火の粉を空に散らす。

自分の遥か頭上に振り上げられた蹄は、大地を叩き割らんばかりに真っ直ぐに振り下ろされる。

その時に生まれた風が、アリオスの髪をぶわりと揺らす。

「――！」

アリオスの心臓が、ドクドクと力強く脈打った。

興奮に頬は上気し、無意識に口角が上がる。まだ夜の闇は広がってはいないのに、瞳孔が開く。

（嗚呼――、この感覚だ……！）

もはやアリオスの耳に響くのは自身の鼓動だけ。目に入るのは力強く燃え上がる炎だけ。

（肌を舐める熱が恋しい！　鼓膜を突き抜ける金槌の音が聞きたい！　嗚呼……どうして自分は今、あの重く手に馴染む金槌を持っていないのだろう――!!）

突然、アリオスが雄叫びを上げる。

「これだこれだこれだ!!　頭にぐるぐるアイデアが流れてきて吐きそうだよ!!　打ちたい!!　今すぐ打ち始めたい!!　あああああ！　なんで金槌、違う！　そう、素材だ!!　待て待て待て、火の調整を、あああああ!!」

「え、こわっ……え？」

突然変貌《へんぼう》したアリオスを前にして、当然ラーハルトは距離を取り構える。

言葉遣いも雰囲気も、まるで別人のように変わったアリオスに、恐怖の二文字しか浮かんでこない。

何やら狂喜乱舞しているアリオスは、そんなラーハルトにはお構いなしにズンズンと近づいてくると、なんの予備動作もなしに、ヒラリとそれは自然にラーハルトの横にいた炎馬に跨る。

「……えっ⁉　はっ⁉」

「こうしちゃいられねえ‼　おい、馬‼　行くぞ‼　お前の火を貸してくれや‼」

『ヒヒィーン‼』

「ッハイヤァァァァァ‼　アッハハハハハ──────‼」

「ちょちょちょちょ、ちょっとー⁉」

裸馬もなんのその。手綱すらなしに燃え盛る鬣をわし掴みにし、颯爽《さっそう》と走り去っていったアリオスと炎馬。

そしてその場に一人ぽつん、と残されたラーハルトは。

「……なになになに、なんなの⁉」

そう言うことしかできなかった。

「おーい。なんか雄叫びみたいなの聞こえてきたけど、なんかあったー？」

と、ひょこっと庭に顔を出したツバキが、呆然としているラーハルトへ声をかける。

ツバキの声でハッと我に返ったラーハルトは、光の速さで縋りついた。

「ししし師匠！　師匠師匠！」

「うおっ、なに？」

「なんかっ急に叫び出して、それでいきなりジョゼフィーヌに乗ってどっか走ってっちゃったんですけどっ!?」

「……えっ!?　さっきの人!?」

「はいぃぃ！」

しどろもどろなラーハルトから事情を聞き、さすがにぎょっとした表情を見せたツバキは、サザンカを呼び寄せた。

そしてラーハルトについてくるように指示を出して、外へ駆け出す。

一体どこへ、と不安そうに聞いてきたラーハルトへ、ツバキは短く「冒険者ギルド」とだけ返す。

二人と一匹は、それからは無言で村の中心地を目指して足を動かした。

「すみません！」

扉を蹴破る勢いで冒険者ギルドへ入ると、ツバキは適当にギルド内にいた職員を捕まえる。

「は、はいっ？　どうしました？」

「あの、鍛冶屋のアリオスって知ってます？　冒険者相手に商売してると思うんですけど」

「え？　ええ、はい……アリオスさんなら、いつもお世話になっておりますが……」

「彼の家とか、工房の場所って分かりますか？　ちょっと緊急事態で、すぐに彼に会いたいんですけど」

「アリオスさんの工房ならここから近いですよ。ちょっとお待ちくださいね、今地図を……」

職員は胸ポケットから、小さく折り畳まれた携帯用の村の簡易地図を取り出して広げる。

うろうろ、と視線を滑らせてから、ある一点を指差してみせた。

「こちらです。広場を抜けて少し行った所の、いくつかの職人さん方が集まる一画ですね。確か緑色の屋根が目印ですよ」

「ありがとう！　緑ね！」

ツバキは最小限の時間で要領よく知りたい情報を聞き出すと、ぜぇぜぇと必死に息を整えているラーハルトと、それを背に乗せたサザンカと連れ立って、今度は職人街に向かって駆け出す。

揺れる背の上で、なんとか喋れるくらいになったラーハルトが、真下のサザンカへ話しかける。

「ぜぇっ……はぁ……はや、速すぎ……足……」

『鍛え方が足りねえんじゃねえのか？　お前従魔術師だろうが？』

「どこの世界に……四足歩行の魔物と同じ……速度で……走れる人間がいると、思うんだよ……！」

『いるじゃねえか。目の前に』

「……あのさ、ツバキ師匠って本当にただの従魔術師？　勇者とかやってた？」

『ずっと従魔術師だったぞ。故郷で変な役職名は持ってたけど……勇者なんてのじゃなかったな』

「あ、そう……従魔術師の大王とかかな……」

冗談を言えるほどに回復したラーハルトは、斜め前を走るツバキへ目を向けぐっと唇を噛む。

いつになく真剣なのは、炎馬による物的、人的被害を懸念してのことだろう。

火事や、もっと単純に炎馬に人間が襲われるという事態。

(……俺が、ちゃんとしてなかったからだ！)

正直、近頃のラーハルトは魔物を従魔として扱うということに対して少しだけ気持ちが緩んでいた。

命懸けでテイムに臨《のぞ》むこともなければ、冒険者として第一線に立ち危険な依頼を受けることもない。

訓練した従魔をペットとして飼育したいという人間と多く接し、すっかり従魔達のことを、まるで危険のない可愛い愛玩動物のように思ってしまっていた。

(炎馬だって、大人しい性格って言ったって、危険な能力を持つ魔物なのに……っ、愛称をつけて、自分のペットみたいに思ってた……！)

首都の学校でも、ツバキにだって、常から魔物を飼育する上で注意することは、と確認され注意点を答えていた。けれど、答えを知っているだけで理解していなかったことを実感し、ラーハルトの脳裏に「後悔」の二文字が浮かぶ。

どうか悪いことは何も起きていませんように、と祈って目をぎゅっと瞑ったラーハルトの耳に、複数の人のざわめく声が届いた。

「っ！」

ツバキもサザンカも速度を緩め、ざわざわと声が聞こえてくる方へと向かう。

一つ角を曲がったところで、ギルド職員に聞いた緑色の屋根と、その建物の前に群がる人々が目に入った。

「すみません！　何があったんですか⁉　怪我人はいませんか⁉」

ラーハルトはサザンカの背から降りると、人集りへと駆け寄る。

するとその中の一人が驚いた顔をして、大勢が集まっている緑色の屋根のアリオスの鍛冶工房だという建物を指差し答えてくれた。

「いやあ、ここ最近ずっと火が落ちていたのに、アリオスのやつ。突然燃える馬に跨って戻ってきたかと思ったら、凄い勢いで打ち出してよぉ」

「も、燃え……っ！　やっぱり火事に⁉」

「ん？　あっはっは！　ここいらは鍛冶屋やらなんやら、職人が集まる場所だぜ？　もちろん、鍛冶屋以外にも火を扱う奴はいる！　焚き火《たび》みてえな火の粉程度でどうにかなるほどヤワな造りをしている建物なんてねえよ！」

「火の粉程度ったって、炎馬の炎の火力は……！」

ラーハルトの肩を、後ろで話を聞いていたツバキがぽんぽんと叩き止める。

「確かにその人の言う通り、ここら辺の建物は火耐性が付与されてるみたい。道中も特にボヤ騒ぎはなかったし、その線の心配はしなくてよさそうだよ」

「本当ですか!? よ、よかった……」

安堵から地面に膝をついたラーハルトをサザンカに任せて、今度はツバキがいくつか質問を投げかける。

「ところで、特に火事も怪我人もいないのなら、この騒ぎはどうして？」

「ん、ああ。アリオスの奴はここいらじゃちょっと有名な鍛冶屋なんだよ。でも最近ずっとスランプだったようでな。そんな奴が突然工房にこもって一心不乱に打ち続けてるってなったらみんな気になっちまってよう！」

「なるほどね」

「あと単純に。燃える馬に跨って高笑いしてる奴がいたら様子を見たくもなるだろ？」

「……そうね」

むしろ後者の理由でアリオスの工房前に人集りができているらしかった。

一応、アリオスの工房内を扉の隙間からちらりと覗いてみたところ、炎馬も中でアリオスと一緒にいるようだった。

しかしツバキとラーハルトがいくら呼んでも、炎馬がこちらの呼び掛けに応じる様子はなく。

けれども暴れるでもなく随分と落ち着いているようだったので、一旦ここは炎馬のしたいようにさせよう、とツバキが判断を下した。

さらに今のアリオスには話しかけたとしても何の反応も返ってこないだろうし、作業中に近付くのは危険だ、ということで、ツバキ達は色々と教えてくれたゴドーと名乗る硝子《がらす》職人の工房兼店舗にお邪魔させてもらうこととなった。

「へえ、あの燃えてる馬は馬じゃなくて魔物なのかい」

お茶を出してもらい、アリオスが何故燃える馬、もとい炎馬に跨り高笑いをするに至ったのかラーハルトが説明すると、ゴドーはワハハと笑う。

「本当にお騒がせしてしまい、すみません……今説明した通りあの炎馬は魔物ですが、直接触れたりしなければ特に危険はありませんので、ご安心ください！」

「いいっていいって！　むしろ、こっちから謝らせてくれ。きっとアリオスの方があんたに迷惑をかけちまったんじゃないのかい？」

「あー……えっと……ちょっと、びっくりしたくらいで……迷惑というわけでは……」

突然人格が変わったように雄叫びを上げてアリオスが炎馬に飛び乗った瞬間を思い出したラーハルトは、思わずうろうろ……と目を泳がせてしまう。だが、ゴドーはそれに気分を悪くするでもなく、ただ困ったように眉を下げた。

「あいつは昔っからああでな。普段はぼけーっとした大人しい男なんだが、どうにも鍛冶の仕事してる時にはまるで別人みたいになっちまうんだよ」

「確かに、豹変と言って差し支えのない感じでしたけど……」

「ここいらの職人仲間の間じゃ、有名な話さ。打ってる間は尋常じゃない集中力でな。寝食を忘れるなんてもちろん、誰がどう話しかけても気づかないし、それこそ魔物に襲われても金槌を振り下ろすことを止めないだろうよ」

耳をすませば、ゴドーの工房内に居ても、少し離れたところから金槌の振り下ろされる音が微かに聞こえてくる。

人間よりも聴覚の優れているサザンカは、大きな耳をピクピクと揺らし『なんかずっと高笑いもし続けてるけど』と告げゴドーの苦笑を誘う。

「まぁ、なんだ。最近アリオスのやつは悩んでいるらしかったから、良い刺激をあいつにくれてありがとうよ。そうだ、俺もちょっと工房の奥にいるけど、ここは好きに使ってくれ。あの金槌の音が止んだらきっと、アリオスに話しかけても大丈夫だから」

頭にぎゅっとタオルを巻きつけ、奥へと去っていくゴドーに再度お礼を言うと、改めてラーハルトは、はぁぁ～と特大のため息を吐いて机へと突っ伏した。

「ああ……本当に良かった……何か事故が起きなくて……」

「あんたのせいだけじゃないよ。私もちょっと気が抜けてた。あんたは一通り従魔術について知識もあるし、テイムできないにしても魔物達と上手く付き合ってくれてたからさ」

「ツバキ師匠……いや！　でも、やっぱり今回は俺の責任です。もっとしっかり見ておくべきでした。まぁしっかり見てても豹変したアリオスさんに対応できたかは分かりませんけど……」

　アリオスの作業を待っている間、特にやることもないので、ラーハルトとツバキはどちらからともなく雑談を始める。

　ふれあいコーナーや、従魔の預かり処としての安全管理や見学者への事前説明について意見を出し合っていると、ふとラーハルトが思い出したようにあっ！　と大きな声を出す。

「そういえば！　アリオスさん素手で裸の炎馬に乗ったんですよ！　どうしよう！　火傷！」

「うーん、火傷《それ》に関しては大丈夫じゃない？」

「え？」

「多分だけど、話を聞く限りアリオスさんって火への絶対耐性を持っているんじゃないのかな……興奮でドーパミンどばどばだったとしても、あんな超高温で燃える炎馬に乗っかったら、その瞬間に物理的に燃えちゃって走るどころじゃないでしょ」

　ツバキの推察に、ラーハルトは驚いて片眉を上げる。

「ええ？　いや、でも……あの状態のアリオスさんなら燃えたまま高笑いしてそう……」

「どんだけだったのよ。豹変ライオスさん」

「まじでやばかったですよ。子供が産まれた後の母飛龍みたいな圧を感じました」

「あはは！　確かにそれなら炎馬に燃やされるくらいじゃ動じなさそう！」

豹変したアリオスを思い出し、ぶるりと震えたラーハルトを見て、ツバキは大口を開けて笑う。

「とにかく、耐性については後でアリオスさん本人に確認しよう。私はここで待機しているから、念のためサザンカと一緒に戻って、うちから火傷に効く回復薬持ってきといてくれる？」

「はい！　分かりました！」

『おーう。ラーハルト、おら、背中乗りな』

ラーハルトとサザンカが薬を家から持ってくるまでの間も、アリオスの工房の灯りは消えなかった。そして二人と一匹は、鳴り続ける金槌の音に意識を傾け続けた。

◆

「……で、できた……！」

空高く昇った太陽の光が燦々《さんさん》と降り注ぐ工房内で、その光の粒を受けた銀色がギラリと輝く。

ぼたぼたと額からしたたり落ちる汗も気にせず、満足のいく出来にアリオスはにっこりと満面の笑みを顔に乗せ——

そして、突然糸が切れたようにバタリとその場に倒れた。

『ヒヒーンッ!?』

結局丸々一晩中金槌を振り下ろし続けたアリオスは、すぐに金槌の音が止んだことに気づき駆けつけてきたラーハルト達によって、村の医療所へ担《かつ》ぎ込まれたのだった。

◆

「いや～……ごめんねぇ。なんか手間かけさせちゃったみたいで～あはは、は……おえっ」

「アリオスさん。あなた何回言えば分かるんですか。いえ、もういっそ分からなくてもいいんで寝ててください静かに何もせずただじっと」

「あはは、先生久しぶり～……」

「喋らず寝てろって言ってんだろうが」

担ぎ込まれた男の顔を見るやいなや顔を顰《しか》め、何も聞かずにベッドに寝かせ、回復薬を口に詰め込んだ医師は、アリオスとは顔見知りらしかった。

ぽかんと口を開けたラーハルトをよそに、医師は慣れた手つきでカルテを取り出すと、サラサラと淀みなく何かを書き綴《つづ》り、投げ捨てるようにそれを元の位置に乱暴に戻す。

「ただの睡眠不足と過労ですから、回復薬ですぐに良くなりますよ。しばらくしたら勝手に帰ってください。お代は後からまとめて請求しますので」

「あ、はい……アリオスさんの治療、ありがとうございました」

「はい。では私はこれで」

無駄なくすべき処置をするだけして、医師はさっさと部屋を出ていく。

懲りずに「またね～」と時折えずきながら医師へ手を振るアリオスは、心配そうに見つめるラーハルトに気づくとへらっと笑ってみせる。

「あ～……ラーハルト君にも面倒かけたよねぇ。ごめんねぇ」

「いえ、そんな！　元はと言えば、俺の不手際が原因みたいなものですし……」

「あ、そうだ～あの馬ちゃんも勝手に連れ出しちゃってごめんねぇ」

「あっ！　そうだ、そうですよ！　アリオスさん!!　火傷は大丈夫ですか!?」

「火傷？」

聞き返したアリオスは、ぽかんと目を丸くする。そしてもう皮膚《ひふ》は分厚くなってるから平気、と両手の掌をラーハルトに向かって広げてみせた。

「いやいや！　鍛冶の時の話じゃなくて！　炎馬に乗ってどこか怪我してませんか!?」

「あ～……鞍着けないで乗ったから、ちょっと内腿《うちもも》が痛いかも～」

「そういうことでもなくって……っ！」

すっかりぽやぽや状態に戻ったアリオスに、ラーハルトは天を仰いでツッコむ。

ままならないアリオスとの会話にラーハルトが悶絶《もんぜつ》していると、ベッド横の窓が外からコンコンと叩かれた。

「あ。馬ちゃん」

「え!?」

「よっ」

『ヒヒーン！』

窓の外へ目を向ければ、そこには医療所内に入れないサザンカと炎馬と共にツバキが立っていた。

すっかりアリオスになついたのか、アリオスの顔を見て嬉しそうに嘶く炎馬。それを一瞥してから、ツバキはベッド上のアリオスに話しかける。

「おーい、アリオスさん。火傷はしてないんだよね？」

「うん～大丈夫～。自分、鍛冶屋だしねぇ。そもそも少しくらいの火傷してたって平気だよ～」

「ん～。ていうかあなたさ、今まで一度も火傷したことないんじゃない？」

ツバキの問いに、アリオスはしばし口を半開きにしたまま空中を眺めて考える。

そしてツバキに視線を戻すと「そういえば、そうだ～」となんとも気の抜ける答えを返す。

そして唐突に、脈絡もなく。

「ねぇ、預かり処さん。その馬ちゃんともっと一緒にいたいなって言ったら、駄目？」

と、満面の笑みでにこにこと首を傾げたのだった。

幕間二　その後の鍛冶屋の話

アリオス豹変事件（ラーハルト命名）から一週間後、預かり処の庭には炎馬に騎乗し訓練を行うアリオスの姿があった。

従魔術師ではないが、炎馬をどうしても譲渡してほしいというアリオスの熱意に負けて、ツバキが特別に基礎の従魔術をアリオスに教えることになったのだ。

アリオスの炎馬との相性は言うまでもない。さらに、一度興味を持ったら尋常ではない集中力で知識、技術を飲み込むアリオスは、凄まじい速度で従魔術を身につけていった。

「おっけー、良い感じだよ！　じゃあ次は、手綱で操るんじゃなくて従魔術で制御してみて」

「よっしゃぁぁぁあああ！　うおおおおお!!」

「うーん、それは従魔術じゃなくて気合いだなぁ」

若干、鍛冶モードになっているアリオスの姿を遠くから眺めて苦笑をこぼしつつ、ラーハルトは極彩鳥達を鳥舎から連れ出し庭の中を散歩させる。

「もうしばらくは修業が続きそうだなぁ」

『ファーッ』

『ファッファッ』

ツバキに細かく、時に厳しく注意されながらも、炎馬と共に楽しそうに訓練を行うアリオスを眺めて、ラーハルトはふっと笑みをこぼす。

思い出すのは、基礎の従魔術を習得するという条件付きではあるが、炎馬の譲渡が決定した時のこと。

譲渡にあたり炎馬に名前をつけてあげてほしいと言ったラーハルトに対して、アリオスは「君が呼んでいた愛称をそのまま名付けたい」と返事をした。

曰く、君が心を込めて世話をしてくれていたおかげでこの素晴らしい出会いがあったのだから、敬意を表して、と。

「あああっ!!　インスピレーションが降りてきたあああ!!」

「今あなたがやらなきゃいけないのは、従魔への指示だから。ほら、集中」

冷静なツバキの言葉を無視して、アリオスが叫ぶ。

「ジョゼフィーヌ!!　お前とならあの山を越えて伝説の素材を探しに行ける!!」

「行っていいって！　私のテストに合格したら！　だから今は鍛冶は忘れろ!!」

「うおおおおお!!」

『ヒヒーンッ！』

「ミノ太郎！　ミノ太郎こいつを押さえて!!　ジョゼフィーヌは走り出そうとするなっ!!」

『ブ、ブモッ……』

一際大きな雄叫びが聞こえてきて、今日の訓練は一旦休憩かな、と思ったところで、誰かがラーハルトを呼ぶ声がした。

「あのー！」

「ん？」

振り返れば、ぐるりと庭全体を囲う塀のすぐ近くに立ち、中を覗き込む人物が一人。

「あれっ？　あなたは、炎馬の」

「はい。その節はお世話になりました」

いつぞや炎馬の譲渡を希望した駆け出しの従魔術師の男性が、笑顔でラーハルトに頭を下げる。

「どうしたんですか？　あ、また体験のご希望ですか？　それとも……」

「あ、いえ！　中を覗いたらたまたまラーハルトさんが見えたので、お礼をと思いまして」

「お礼ですか？　何の……あれ？　その子は」

ラーハルトも塀まで近づいて、そこで従魔術師の彼の腕に抱かれたそれに気がついた。

『キキッ！』

「妖精兎？　テイム成功したんですか？」

「いえいえっ！　実はツバキさんに譲渡していただいたんですよ！」

「えっ！　うちの子？　いつの間に……!?」

「実は、あの後にギルドで依頼を探している時にツバキさんにお会いしまして――」

◆

「あ、おーい！　駆け出しの君！」

「……えっ？　あ、僕ですか？　って、あなたは預かり処の……」

「うんうん。この前は手荒な真似してごめんね。ところで、やっぱりまだすぐに強い魔物をテイムして首都行きたい？」

「あー……ええと……首都に行きたい気持ちはあるんですけど、とにかく従魔術師としての経験が足りないことをはっきり自覚しましたので……どうしようかと悩んでいるところです」

男性が背後の低ランク向けの依頼掲示板にちらりと視線を向け苦笑する。

するとツバキはうんうんと頷いて、掲示板からいくつかの依頼を見繕い男性へと指差してみせる。

「そうだね。まずは従魔術師としての経験をこの村の周辺で積んだ方がいい。この依頼だったら自分の従魔で魔物を討伐することはないし、そっちの依頼だったら基礎的な従魔術で十分対応できると思う」

「へっ？　でも、その、まだ自分の従魔を持っていなくてっ」

「知ってる知ってる。だからうちに来たんでしょ？　うちにいる子達は人慣れしてて、経験値が低くても十分強い魔物を従魔にできる可能性があるからね」

「……お恥ずかしながら、その通りです」

羞恥《しゅうち》に軽く頬を染めた男性が俯く。

そんな男性の肩をバシリと叩くと、ツバキはカラカラと笑う。

「それって恥ずかしいことじゃないよ！　いきなり上級の魔物をテイムしようとする無謀なやつよりはよっぽど自分の実力を把握してるって！」

「そうでしょうか？」

「そうだよ。例えば今は高ランクの凄腕の従魔術師だって、始めは毛玉猫や爆弾鼠みたいな、比較的大人しくて飼育もしやすい魔物のテイムから挑戦していたんだから」

「そっか……」

俯いたままぎゅっと拳を握った男性の前で、ツバキが人差し指を立てる。

「ね、提案なんだけど。うちにいる妖精兎のテイムに挑戦してみない？　それで上手くいくようなら、あなたに譲渡するから。そしたらその子と一緒に依頼を受けてみて」

「妖精兎、ですか？」

「うん。とっても強力な魔物ってわけじゃないけど、彼らの翼の鱗粉には軽微な麻痺毒があるのは知ってるでしょ？　それを上手く利用すれば、さっきの依頼は十分クリアできると思う」

「……」

「このまま無茶を通して首都へ行ってみるのも、この村周辺で妖精兎と一緒に地道に経験を稼《かせ》ぐのも、あなた次第だよ」

「僕は……」

◆

「――ってことがありまして。それで、無事にこの子と縁があって譲渡していただけることになりました」

「ええ！　そうだったんですね！　わあ！　おめでとうございます‼」

「ありがとうございます。へへ、これも全部ツバキさんとこの預かり処のおかげです」

初めて知るその事実に、ラーハルトは自分のことのように喜び祝いの言葉をかける。

「今は村を拠点に、周辺の低ランク依頼を受けて、地道に少しずつ経験を重ねているところです」

「あれ？　でもお金が入り用だったんじゃ？」

「あ、それが、意外と低ランクの依頼でも、コツコツ受けていたら思ったよりもきちんと稼げまして……焦らずにいこうと思います」

「そうなんですね。頑張ってください。応援してますから。あ！　何かあったらうちを頼ってくださいね！」

「預かり処《ここ》がなければ、妖精兎《このこ》との出会いもありませんでした。本当に、ありがとうございます！　こちらこそ、何かお手伝いできることがあればいつでも仰ってくださいね！　それじゃあ、僕はそろそろ依頼を受けに行きます。ツバキさんにもよろしくお伝えください！　また遊びに来ます！」

妖精兎と連れ立って歩いていく男性の背を見送りながら、ラーハルトは先ほどの言葉を思い出す。

あの男性と妖精兎の縁。アリオスと炎馬の縁。もしくは、自分とあの男性と、アリオスとの縁。

〝預かり処《ここ》がなければ、妖精兎《このこ》との出会いもありませんでした〟

そうか。そのどれもがこの預かり処が繋いだ縁なのだな、とラーハルトは足取り軽く極彩鳥の散歩へと戻る。

アリオス達の方からは相変わらず騒がしい声がしているが、まぁ、それも繋がった縁の延長線上の出来事だと思えば笑えた。

アリオスが炎馬、ジョゼフィーヌを譲り受けた後。

ツバキから従魔術の基礎を教わり、無事に炎馬のテイムに成功したはいいものの、さすがに村の中心地にほど近い工房では、炎馬の飼育は不都合が多い。

そのため、ジョゼフィーヌは普段は預かり処の敷地内で過ごすこととなった。

今ではアリオスが工房にこもって鍛冶仕事をする時や、素材採取の旅に出る時に、ジョゼフィーヌが同行する形を取っている。

余談ではあるが、以前までアリオスは鍛冶に必要な素材等はギルドに採取依頼を出していたそうだ。それが、騎乗ができ、かつそれなりに戦闘能力も高い炎馬をテイムしたことにより、自力での素材採取が可能になったため、現在のアリオスはまさに水を得た魚のようだった。

「……ーい、おーい。ラーハルトくーん」

「ん？　あっ、アリオスさん！　お久しぶりです！」

近頃運動不足気味だったグレートウルフ達のために、庭でキャッチボールに勤《いそ》しんでいたラーハルトは、蹄の音を響かせてのんびり歩いてくるアリオスとジョゼフィーヌに気づき、挨拶をする。

「今回は結構長かったですね。お目当ての素材は無事に手に入りました？」

「うん～！」

『ヒヒーン！』

「ジョゼフィーヌも久しぶり。おっ、ますます毛がツヤツヤになったなぁ！」

「あはは～。前はアイデアに詰まった時はあてもなくふらふら適当に歩いてたんだけど～、ジョゼフィーヌと出会ってからは、そうゆう時ブラッシングするようになってさ～」

「そういえば、スランプは脱したんですか？」

「うん、もうズガガガガンッ！　ときて～ガンガンだよ～！」

「へえ……」

自分から話題を振っておいてなんだが、相変わらずこの人はよく分からないな……と内心で思いながら、ラーハルトは良かった良かったと返事をしておく。

「ジョゼフィーヌに初めて会った時ね～彼女の振り下ろした前脚を見て～ビカッ！　とズバッ！　とインスピレーションがギュンギュン！　みたいな～。それからも～毎日楽しいよぉ」

「へえ……」

恐らく大分前衛的な感性を持っているアリオスだが、これで中々冒険者達からの人気が高い鍛冶屋であるというから驚きである。

従魔術師であるラーハルトには、中々武器というものは馴染みがないので、その良し悪しは一般的な感想しか出てこない。だが、近頃のアリオス――ジョゼフィーヌと出会ってからの彼の作品は、一皮剥けたような、合わなかったピースがかちりとはまったような、最高の出来なのだそうだ。

「ところで、今日はジョゼフィーヌどうしますか？」

「採ってきた素材で早速打ちたいから～工房《うち》に一緒に帰るよ～」

「分かりました。それから、従魔術の方はその後どうですか？　何か困ってることとかはないです？」

「大丈夫だよ～。最初の頃は難しかったけど～今はもう、相槌の息もぴったりだよ～」

「いやぁ、ほんと……初めて聞いた時は驚きましたけど、まさか従魔と一緒に打つとは……アリオスさんくらいじゃないんですか？　鍛冶屋兼従魔術師だなんて」

「あははは～」

『ブルルッ！』

ラーハルトがアリオスと談笑をしていると、ふいに服の裾を引っ張られてよろめく。

「うおっ！」

『バウッ！　バウッ！』

遠くへ放り投げたボールを咥え戻ってきたグレートウルフが、早く投げろ、とばかりに頭突きをしてくる。ごめんごめん、とラーハルトが謝ってボールを再び遠くへ投げると、グレートウルフは一目散にボールの落下地点へと向かって駆け出す。

「ごめんね～引き留めちゃったねぇ」

「あ、大丈夫ですよ！　ぶっちゃけ、何回ボール投げさすんだって感じでちょっと休憩したかったので……」

「あはは～。じゃあ、そろそろ行くね～またね～」

「はい、また！」

幸せそうな一人と一頭の帰路を見送り、ラーハルトは自然と頬を緩ませる。

人と従魔。力で押さえつけるだけの関係ではなく、確かな絆で結ばれたように見えたそれは。

「……ああ、従魔術師を目指した頃に見たかった景色だ」

ちなみに、燃える馬に跨り高笑いをする男がいる、という怪談のような不気味な噂が、ルルビ村だけでなく周囲一体に広まってしまったのは、また別の話である。

第五章　あなたが咲かせてくれた花をそれでも愛でたい

すっかり陽の落ちた夜の手前。

コンコンコン！　と預かり処の扉が叩かれた。

従魔達の餌を配《くば》って回っているツバキに代わり、ラーハルトが「はーい！」と返事をしながらパタパタと玄関へ向かう。

コンコン！

コンコンコンコン!!

コンコンコンコンゴンゴンゴン!!

「はいはいはいはいはいっ！　今出ますよ!!　そんなに叩かなくて、もぉぉおおお!?」

扉が揺れるほど激しくノックを繰り返す来訪者に、ラーハルトは若干苛立ちつつもガラリ！　と勢いよく引き戸を開ける。

そしてそこに立つ人物を見るなり、ラーハルトは思わず悲鳴に近い声を上げた。

「ひっ！　きゅ、吸血鬼……っ!?」

痩《こ》けた頬に、青白い顔をした男が、月明かりに照らされて、ヌボォ……と預かり処の玄関に立ち尽くしていた。

「すみませんでした……失礼なことを口走ってしまって……」

「いえ……こちらこそ……紛らわしい風貌と時間で……失礼しました……」

ラーハルトの悲鳴に対して、慌てて人間です！　と訂正したのは、随分と顔色の悪い人間の男性だった。男はまず遅い時間の来訪を詫《わ》びてから、それでもどうしても預かり処に急用があったのだと訴え、応接室に通されることになった。

「あのー……顔色が優《すぐ》れないみたいですけど、大丈夫ですか？」

「ああ……ただの寝不足と……疲労と……ストレスによる精神衰弱ですので……お気になさらず……」

「あの、本当に用事があるの、預かり処《うち》であってます？　医療所じゃないですよ、ここ」

ラーハルトの指摘に、男はびくっと肩を揺らす。

「あ、大丈夫です……すみません……あの、本当に……こちらで全て……解決するって……教えていただきまして……」

「うちで解決……ってことは、あなたは従魔術師なんですか？」

「いえ……私は従魔術師では……ないのですが……実は、ちょっと前に……従魔術師でなくても飼育できると言われて……店である魔物を……買いまして……」

「え？」

そう言って、男が震える手で自身の懐から何かを取り出す。

男の骨張った手のひらにすっぽりと収まるくらいの大きさのそれは――

「鉢植え？」

ラーハルトから渡された鉢植え《それ》を受け取ったツバキが、片手でサザンカにブラシがけをしてやりながらしげしげと眺める。

「何が植わってるの？　これ。その人何か言ってた？」

小さめな鉢植えは、ツヤツヤとした緑の葉をつけた何かの植物が幾重にも蔓《つる》を絡み付かせて、まるで一つの大きな玉のようになっている。

「なんでもペット屋を名乗る人物から、植え替えの必要もなく、水だけあげてればお手軽に飼えますよって言われて買ったそうなんですけど……こいつのせいでノイローゼになったと俺に手渡すなり逃げるように出ていっちゃって」

「……まぁ、この形状を見るに、あれよね」

「やっぱり、あれですよね。こんなに小さい植木鉢に収まってるのなんて見たことないですけど」

ツバキとラーハルトは目を見合わせると、せーので口を開く。

「「ドライアド」」

大きな葉をそろりと指先で摘んでどけてやると、その下には蔓に埋もれるようにしてスヤスヤと寝息をたてる美しいドライアドの顔があった。

◆

首都の学校で、ラーハルトは植物型の魔物についてあまり教わっていなかった。

加えて、やけにやつれた男が置いていったドライアドがどうやら珍しい個体であるらしく、今回はとりあえずツバキが面倒をみることになった。

しかしツバキですら見たことのない種類だということで、翌日の朝早くにラーハルトはやつれた男を捜しに出掛けたのだった。

『随分小せえドライアドだな。まだ生まれたばっかとかか？』

サザンカの言葉を聞き、ツバキは眉根を寄せる。

「うーん、どうだろ……ドライアドは一般的に人間くらいの大きさに成長するから、成体ではないだろうけど。でも、幼体にしては……う～ん。とにかく、こんな手のひら大の植木鉢じゃあ満足に成長できないだろうに」

『フンフンッ』

「あっ、こら」

リビングの卓の上に置かれた鉢植えに、鼻先を近づけて匂いを嗅ぐサザンカの頭を押さえる。

と、サザンカの鼻息がくすぐったかったのか、それまで身動《みじろ》ぎもせずに眠り続けていたドライアドの瞼がピクピクと動き、そしてゆっくりと持ち上げられた。

『……』

「あ、起きた」

ドライアドがもごもごと口を動かしたのを見て、ツバキが身を寄せる。

『……ぃ』

「ん？」

『狭い!!』

「っ!?」

まるで何かの虫の卵のように絡まり丸まっていた蔓が、シュルシュルと音をたてて解けていく。

そして緑の葉の下から、ふわぁ、と欠伸をしながら、すらりと伸びた四肢を広げて植木鉢の土の上で立ち上がったのは、どう見ても。

「……あれ!?　成体!?」

『なんだぁ？　子供のなりじゃねえな？』

「成体、だけど、これは……」

『……すっげぇミニサイズ、だな』

まるで人形のような、手のひらに乗るくらいの大きさのドライアドの成体だった。

『狭い狭いせまーいっ!! このボクをこんな小さな植木鉢なんかに留めおくだなんてっ！ まったく空恐ろしいよっ！ そんなにこの美しいボクを独り占めしたいのかいっ!? ああっ！ 分からなくもない……分からなくもないよっ！ でもしかしだけれどもっ、ボクはもっと大きな舞台で羽ばたきたいのさ！』

「え」

『というか、そこの獣！ その生温かい吐息を吹き掛けるのはやめてくれないか!? このボクが食べてしまいたいほど魅力的かつ蠱惑的《こわくてき》なのは十分承知しているともっ！ けれど、けれどだよ！ このボクが食べられてしまったならば、ボクの美しさが失われることに涙する者達が果たしてどれだけ多いのだろうか……っ!? ああっ！ 罪！ ボクってばなんて罪なドライアドなのだろうか……っ！』

『……』

ぱちりと目を開くや否や、ぺらぺらぺらぺらと一人喋り続けるドライアドを、ツバキもサザンカもただ言葉もなく凝視した。

早い段階でドライアドの言葉を右から左へ聞き流していたツバキだったが。

『お腹が空いた！ 太陽光を！ 太陽光をこのボクの美しくも繊細な葉に浴びさせておくれ!!』

と、途中からとにかく煩く要求され、それを無視できずに、小さな植木鉢とその中に鎮座するドライアドを手に庭に出てきた。

『うーん、ちょっとここは陽光が燦々と降り注ぎ過ぎているね！　まるで上等な絹糸のようなボクの髪が傷んでしまいかねない！　もうちょっと直射日光が当たらない所へ移動したまえ！』

「……ここ？」

『日陰過ぎるね！　お腹と背中がくっついてしまうね！　もう少し強く陽光を当ててくれたまえ!!』

「……ここ？」

『いいだろう！　さあ！　存分に鑑賞するがいい！　陽の光を浴び、天上から降りたもうた天使の如く美しく、繊細な彫刻のように完璧な造形美を兼ね備えたボクを！　このボクを!!』

大きく葉を広げ、ポーズを決めたドライアドがパチン！　とツバキへウィンクを飛ばす。

ひと時も止まることなく喋り続ける手の中のドライアドの鉢植えを、ツバキはぎゅっと割らんばかりに渾身《こんしん》の力を込めて握り締める。

「ラーハルト早く帰ってきて……!!」

とりあえず早々に自分だけ逃げたサザンカは絞める、とツバキは心の中で決めた。

鉢植えのドライアドは、その後もひと時も口を閉じることがなかった。

他の従魔達の世話をしている時も、食事の時も、ふれあいコーナーへやってきた人々を案内している時も、畑の手入れをしている時も、ずっとである。

『地上に降り立ちたもうた天使！　芽吹く命の化身！　ああっ！　あの麗しの月さえもボクの美しさにため息をついている……っ!!』

サザンカとツバキの目は完全に死んでいた。

『きっと罰なのだろう！　美し過ぎるボクへの……しかしこの小さき植木鉢《世界》に囚われようともボクの溢れ出てしまう美はっ！　カリスマ性はっ！　損なわれないのだ!!』

いつもは相手をしなくともツバキにくっついて回る毛玉猫達も、三つ目烏の雛も、一定の距離を置いている。

その他の従魔達も言わずもがな。遠目からそっとドライアドの様子を窺い、そして心なしかその表情を引き攣らせている気さえする。

「……あのさ、少し黙っていてくれる？　一時間でいいから」

『なんと！　ボクはこの完璧な見た目で相手を酔わせてしまうだけでなく、この声までもが聞く者を魅了してしまうとは……！　恐ろしい！　恐ろしいよ！　このボクのとどまるところを知らない美しさが!!　だが心配は要らないとも！　君がボクの美声を聞きたくて堪らなくて涎を垂れ流してしまったとしてもそれは太陽が昇るように！　月が輝くように至極当然のことだとも!!』

「どうしよう燃やしたいこの草……っ！」

『……さすがに燃やすのは勘弁してやれ』

あまりの煩さに、庭の畑の端に鉢植えを放置しておこうとしたツバキとサザンカだが、そうしたらそうしたで延々と大声で喚き続けるドライアドに根負けした。二人は、仕方なくドライアドの鉢植えを持って預かり処内を移動していた。

「マンドラゴラの悲鳴より煩いんじゃないのこれ⁉」

『聞いていたら気が狂うって点では同じかもな……』

『どうしたのかね！　ボクの美のしもべ達よ‼　ああっ美しくない……美しくないよ‼　つねにしゃきっとぴしっと背筋は伸ばしていなければ！　さあ！　あの太陽に向かって共に葉を大きく伸ばそうじゃないか‼』

「……」

『……こいつを置いてった男が妙にやつれてたってのも納得がいくな』

「太陽光じゃなくて生気を吸い取ってるんじゃないの」

◆

一方ラーハルトは、ドライアドを置いていった男を捜しに、とりあえず冒険者ギルドへと足を運んでいた。

冒険者ギルドには、依頼だけではなく様々な情報が集まる。

それは高ランクの冒険者の冒険譚だったり、珍しい素材や魔物、果ては遠い国のキナ臭い噂なんかまで。

ギルドに併設されている食堂で、ラーハルトは一際盛り上がっている卓へと進むと「すみません、ちょっといいですか？」と愛想良く声をかける。

「んあ？　なんだ？」

「俺達になんか依頼か？　それならあっちの受付通してくれ」

「あ、いや。そうじゃなくて、実は人を捜しているんだけれど、ちょっと話を聞けないかと思いまして」

「人探しぃ～？」

酒が入っているのか少々態度の悪い冒険者達に、これは声をかける相手を間違えたかとラーハルトがそっと去ろうとすると、冒険者達の中の一人があっ！　とラーハルトを呼び止めた。

「預かり処の人っすよね!?　俺この前、極彩鳥の卵取り体験行ったんすよー！　卵美味かったっす！」

「え？　ああ、ありがとうございます」

「なんだぁ？　有名な兄ちゃんなのか？」

「この村の外れに変な造りのでけぇ家あるじゃないっすか！　育てきれなくなった従魔を引き取っ

たり譲ってくれたりするんすけど、そこで面白い従魔体験とかもできるんすよ！」

「あ、うちはわけがあって飼育放棄されてしまう従魔の保護を」

「へぇえ！　そこに行きゃ従魔を捨てられるのか！」

「いや！　ですから、そうじゃなくて！　従魔術師と従魔双方の問題解決のために」

「冒険者仲間の従魔術師に教えといてやっか！　あいつら気づいたら従魔が増え過ぎて困るって言ってたもんなぁ」

「おい！　違うって言ってるだろう！」

ガハハ！　と大口を開けて笑い杯を傾ける冒険者達の心ない言葉を受けて、ラーハルトの額に青筋が立つ。

本来ここへやって来た目的は違えど、今のは聞き捨てならない。ラーハルトは必死に訴えかけようと試みたが、届かない思いに唇を噛み締めた。

尋ね人の情報収集も、従魔に対する認識を改めさせることも諦めて、ラーハルトはその卓を離れる。

不快な思いをしたので、冒険者ギルドは出て村の酒場にでも行ってみようか、と食堂を出かかったところで、ラーハルトの肩を叩く手があった。

「あのっ」

「……はい？」

苛立ちのまま少々ぶっきらぼうに振り返ると、いまだに騒いでいる冒険者達を眉を顰めて見つめる女性が立っていた。

その女性は視線を冒険者達からラーハルトへ戻すと、ちょいちょい、と手まねいて食堂の端へと進んで止まる。

「あの、なにか……」

「預かり処のラーハルトさんですよね」

「え？　どうして俺のことを……」

「私、薬師をしているリリといいます。以前ギルドの依頼でそちらの妖精兎の鱗粉採取を受けた時に、ラーハルトさんに案内していただきました」

「えっ!?　あ、すみません！　覚えていなくて……！」

慌てるラーハルトに、薬師のリリはくすりと笑うと、あの日は人が多かったので気にしないでくださいさい、と告げる。

そしてきゅっと眉根を寄せると、笑顔から一転、気遣わしげにラーハルトを見上げる。

「あの、さっきの、どうか気に病まないでください」

「あ、あー……聞かれてました、よね？　すみません。お騒がせしてしまいまして……」

「えっ!?　いいえ！　謝らないでください！　ラーハルトさんは何も悪くないんですから！　そんなことより、あの人達の心ない言葉にラーハルトさんが傷ついていないかどうか、あの、心配で

「……っ」

「え？」

思いもよらない言葉に、ラーハルトは呆気にとられた。

「ラーハルトさん達が従魔に真摯に向き合っていること、たった一回の案内でも凄く伝わりました。きっと私だけじゃなくて、あの預かり処に行って捨て従魔問題に関心を持った人は沢山いると思います」

「……」

真っ直ぐに視線を向けられ、なんだかむず痒《がゆ》くなる。じわじわとラーハルトの胸に広がるのは、つい先ほど抱いていた感情《もの》とはまるで真逆の温かさだった。

「ありがとう、ございます」

「また今度、依頼ではなくてもふれあいコーナーに遊びに行かせてもらいますね」

「はい！　お待ちしています！」

「あっ、ところで、人を捜しているんですよね？　良かったらお手伝いさせてください」

「いいんですか⁉　ありがとうございます！　実は――」

薬師リリの声掛けもあり、気づけば結構な人数の捜索隊ができていた。

そうして日が暮れる頃には、妙にやつれた風貌の怪しげな男が、村の宿屋にいたところを見つけられたのだった。

◆

どこぞの変人《アリオス》の高笑いが響く夕暮れ時、例の妙にやつれた男を連れて、ラーハルトは預かり処へと帰ってきた。

渋る男を応接室へと通し、ドライアドの鉢植えが置かれた卓を間に挟んで、半日ほど見なかった間にこちらも若干やつれた感のあるツバキとサザンカに相対する。

「……」

「……」

『……』

気まずい沈黙が落ちる中、どこか据わった目をしたツバキが話の口火を切った。

「あんたねぇ……！　よくもこれを勝手に置いてトンズラこいてくれやがったわね……!!」

「ヒイイ！　すみませんすみません！　でもここなら従魔を引き取ってくださるって聞いて！」

「だから！　うちは！　便利屋じゃ！　ないのよ!!　分かる!?　確かにワケありの従魔を預かるよ!?　でもそれにもちゃーんとルールがあるわけよ！　あんたはそれを丸っと無視したの！」

「でも、もう私の手には負えなくて……っ」

「あんたには従魔術師として魔物を飼育する責任はないのか!?」

「ヒッ、ヒイイイ……！　許してください！　その、ほんの出来心で……！　私、従魔術師じゃありませんし……！」

「は!?」

喋る度にお互いがヒートアップしていく。

段々と大きく激しくなる声が聞こえたのか、植木鉢の中で丸まりくぅくぅと寝息をたてていたドライアドがもぞり、と動いた。

それにいち早く気づいたサザンカが慌ててソファーから立ち上がり、今にも雷を落とそうと大きく口を開けたツバキの服の裾を噛んで引く。

『お、落ち着けツバキ！　ドライアド《こいっ》が起きるっ！』

「！」

「ヒッ!?　やめてくれぇぇえ！　たすけっ、もういやだぁぁぁ!!」

「うわっ！　ちょっと落ち着いてくださいよ！　暴れないで!!」

「ちょっと大声出さないでよ!!」

『だから叫ぶなっつーの!!』

「あんたらみんな煩いんですよ!!」

錯乱するやつれた男。それを押さえようと体を張るラーハルト。

静かにしろと怒鳴るツバキに、お前の声も十分でかいと吠《ほ》えるサザンカ。

まさしく阿鼻叫喚《あびきょうかん》、といったその空間で、もぞりもぞりと身動ぎ出したドライアドの瞼がついにゆっくりと持ち上げられ――

「ひぃいいいい！　奴が！　奴が起きるぅぅぅ!!」

「馬鹿――!!　あんたが騒ぐからあ!!」

『最悪だ!!　やっっっと寝たのに!!』

慌てふためく二人と一匹に対して、唯一ドライアドの被害に遭《あ》っていないラーハルトだけが何をそんなに騒いで……と呆れる。

「このドライアドをそんなに起こしたくないんですか？　それなら」

『なんだ!?　なんか方法があんのか!?　ツバキですらどうにもできないのに!?』

歯茎を剥き出しにして凄い勢いで食いついてきたサザンカに、若干引きながらラーハルトは答える。

「えっ!?　か、確実かは分からないけど、昔学校でドライアドって完全昼行性の魔物に分類されるって習ったから……もしかしたら、布を被せたりして暗くすれば活動が鈍くなって起きないんじゃないか、と……」

『布だーっ！』

「布！　布！　……あっ！　台布巾《だいふきん》ならある！　もうこれでいいか!!」

卓をさっと拭いた後に隅に寄せておいた台布巾を、ツバキは一瞬の躊躇《ちゅうちょ》もなく広げると、それでドライアドをすっぽりと包み込む。

『んむぅ……すぅ、すぅ……』

「！」

布の下からドライアドの寝息が再び聞こえ出す。

その音を聞き、息を止めてドライアドを見守っていたラーハルト以外の二人と一匹が「っはあああ！」と盛大に、しかし最大限静かに息を吐き出す。

衛生的な問題はさておき、幸い分厚い布だったために、布の下は十分に暗くなったらしい。

ソファーに四肢を投げ出して座り込んだツバキがぼそっと呟いた。

「疲労と寝不足は脳の働きを鈍くするわ……ドライアドの基本的な生態をまったく、これっぽっちも、思い出さなかった……」

明るい陽の下ではより活発に、暗闇では静かに眠る。

ドライアドの飼育経験のないラーハルトでさえすぐに思いつくような、教科書の一行目に載っている基本中の基本の生態だ。

それすら思い出せなかったと落ち込むツバキに対して、やつれた男だけがうんうんと深く頷いていた。

使用済みの台布巾をずっと被せておくのはどうなのか、というサザンカの一言で、ドライアドの鉢植えは台所から持ってきたティーポッドカバーですっぽり覆われた。そして鉢植えを中心に、改めてツバキ達と妙にやつれた男がソファーに腰を落ち着け向き直る。

「それで、あんたは従魔術師じゃないって言ってたけど、一体どういう経緯でドライアドを所有してたの？」

「……私は、しがないコレクターでして……色んな国や村を旅して回っています。ある時立ち寄った街で、珍しい品《しな》ばかりを売っている露店がありまして……そこでこのドライアドを購入したんです」

ぼそぼそと答える男に、ツバキが続けて質問する。

「露店で買った？　その店の人は従魔術師ってこと？」

「いえ、詳しくは分かりませんが……従魔術師ではないと言っていました」

「なんでそんな怪しい所で、しかも従魔術師でもないのに買った⁉　ちょっと変わった花くらいにしか思ってないのかもしれないけど、ドライアドはれっきとした魔物だよ⁉」

「うっ、はい……興味本位で買ったことを今は後悔しています……」

ツバキに叱られ項垂《うなだ》れた男を見かねたラーハルトが、まぁまぁ、とツバキとの間に入る。

「良かったら、このドライアドを買った際のことを詳しく聞かせてもらえないですか？　コレクターって言ったって、またどうして魔物の購入なんてしたんです？」

「魔物自体、従魔術師でも冒険者でもない私には珍しいことには違いなかったのですが、何より露店の主人にこのドライアドは世にも珍しい新種だと言われまして」

「新種、ですか？」

ラーハルトが繰り返した新種という単語に、ツバキがぴくりと反応する。

「ドライアドの新種が発見されたなんて話は、ギルドでも出回ってないと思うけど」

「そもそも、ドライアドに新種なんてあるんですか？　俺、個体差はあってもドライアドはドライアドっていう一つの魔物なのかと」

「ええっと、なんて説明すればいいかな……私もドライアドの専門家っていうわけじゃないからざっとした説明になるけど」

ラーハルトの疑問に対し、顎《あご》に手を当てう～ん、と唸りながらツバキは言葉を探す。

「ドライアドは魔物なのか、植物なのかっていう論争から始めちゃうとひたすら長くなるんだけど」

『そこは飛ばしていいと思うぞ』

「あ、うん」

サザンカに冷静につっこまれたツバキは、ゴホン！　と仕切り直すように咳をすると、改めて口を開く。

「凄く端的に言うと、存在する植物の種類の数だけドライアドは存在する。っていうのが、今の定説かな」

「存在する植物って、薔薇《ばら》とか、杉とかってことですか？」

「そう。ドライアドの体の一部である蔓や葉、花を調べたら、それらはあくまで既に世界に存在している植物でしかないらしいの。ドライアドは緑の精霊とも言われているけど、正確には種類ごとの植物の精霊っていう考え方になるわけだね。中には絶滅した植物の葉をつけていたドライアドがいたっていう話もあったかな……とにかく、種類が多い魔物の代表格ってこと」

「ってことは新種発見も十分あり得るってことですか？」

驚くラーハルトに、ツバキが頷く。

「そうだね。まだ見つかっていない、もしくは既に絶滅してしまって人間の知らない植物がまったくないとは言い切れない」

「じゃあ、このドライアドは本当に？」

「さぁ。どのみちドライアドの専門家と植物学者にも意見を聞いてみないと、そこのところはなんとも」

本当に新種の植物のドライアドなのかという疑問はさておき、とツバキは男へ質問を続ける。

「その露店の主人は他に何か言ってた？」

「ええと……通常のドライアドと違って、この小さな植木鉢で十分に育てられると。それと、そのぅ……苗の状態で売ってたのですが……必ず美人のドライアドが成る、と」

もごもご、と男はバツが悪そうに答える。

つまり、お手軽に育てられ、かつ美人なドライアド確定だという商人の口車に乗せられて、自身は従魔術師でもないのについついドライアドの苗を購入してしまったということらしかった。

「ですが……いざ苗から芽が出てドライアドが成ると、これがもう……四六時中ずっとぺちゃくちゃとやれ狭いだ植え替えろだなんだのっ！　それから延々と自分の美しさについても喋り続けられっ！　もう正直ノイローゼですよ!!」

「はぁぁぁ……あんたがこのドライアドを買った経緯は分かった。ノイローゼになるっていうのも分かった」

「本当に出来心で買ったことを反省しています……!!　お願いですから、どうかこのドライアドを引き取っていただけませんでしょうか!?　お願いします!!」

足に縋りついてきそうな勢いで懇願する男。彼自身とドライアド双方の今後を考えた結果、ツバキは預かり処でドライアドを引き取ることを決めたのだった。

ラーハルトは、何度も何度も頭を下げながら帰る男を見送ってから、いまだ眠り続けるドライアドを難しい顔で見つめるツバキにおずおずと話しかける。

「それにしても、最後にあの男が言ってた話って本当なんですかね？」

「……」

男が帰り際に、そういえば店の主人がこんなことも言っていた、と教えてくれた話を、ラーハルトは頭の中で思い返す。

〝このドライアドは品種改良を加え、より人が飼育しやすく、より美しい個体が生まれるようにされているんですよ！〟

「品種改良、か……」

「俺、そんな話初めて聞きました。確かに首都の学校にいた時には、従魔術をはじめ色々な研究を行っている人達がいましたけど。でも……」

倫理的にどうなのか、とラーハルトは眉を顰めた。それこそ、ドライアドを魔物だと認識するのか、植物だと認識するのかでも考え方は変わってくるのだろう。

思った以上に根の深そうな問題に、ツバキもラーハルトもしばし押し黙ってしまう。

「ともかくその話が本当で、この個体以外にも売られているドライアドがいるなら……今後も似たように軽い気持ちでドライアドの苗を買って、飼育しきれなくなって放置するケースが増えていくかもね」

「待ってください！　そんな事態を見過ごせないです！　もし本当にそんなことになってしまったら、大問題ですよ！」

「分かってる。でも私達二人にはちょっと手に余る問題だと思う。とにかく、明日になったらすぐに冒険者ギルドに行って相談してみよう」

「はい！　じゃあ、俺も一緒に！」

「いや、ラーハルトは留守番で」

「え？」

「留守番で」

やけに食い気味にラーハルトを制したツバキが笑顔で告げる。

「案ずるより産むが易し！　知識は持ってるだけじゃなくて、実際に使わないとね！」

「は？」

「ドライアドの飼育経験ないいってってたって、基本知識は勉強したでしょ？　やってみろ！」

「は⁉」

「大丈夫大丈夫！　人語を解するし話す魔物だから意思疎通……疎通……うん、言葉は交わせる！

まずい事態になっても自己申告してくれるから！　頑張れ！」

『あ、俺もツバキと一緒にギルド行くから』

ひょっこりやってきたサザンカが、何故かラーハルトから顔を逸らしたまま付け加えた。

「ちょっと！　えっ⁉　なにーっ⁉」
◆
こうしてラーハルトはドライアドとの留守番が決定したのだった。

『やぁやぁやぁ！　清々《すがすが》しい朝がやってきたとも！　そう！　それすなわち麗しいこのボクの目覚めの刻《とき》っ‼　寝起きのボクの気怠《けだる》げな魅惑的ワンカットを期待した君にはすまないねっ！　このボクこそは寝起き良い子ちゃんなのだよ‼』

「……」

『ということで、さぁさぁ日光浴と洒落込《しゃれこ》もうじゃないか！　早くこのボクを燦々と降り注ぐ陽光の下へと連れ出してくれたまえよ！　朝日に輝くボクはそれはもう言葉にし難《がた》い美しさを解き放つこと必至‼　大きい人よ！　君の瞳をボクの美しさで焼いてしまったらすまないね‼』

「……」

翌朝早々に、ツバキ達が昨日妙にやつれていた原因を察したラーハルト。

そして、ツバキとサザンカが預かり処に帰ってきたのは、昼を回って随分と過ぎてからだった。

「……」

『……』

玄関の扉を開けた瞬間、表情を消し去ったラーハルトが一人と一匹を出迎える。

「……ご、ごめん」

一言も喋らずに、ただ恨めしそうにじっと見つめてくるラーハルトに対して、ツバキは思わず謝ってしまう。

予想以上に精神をやられたらしいラーハルトの様子に、一瞬ツバキはドライアドを押しつけたことを若干申し訳なく思った。

けれど昨日は自分が被害にあったのだし、と言い訳をしてさっさと玄関に入り後ろ手に扉を閉める。

「た、ただいまっ！　何か問題とかなかった？」

「……おかえりなさい」

「ええっと、ドライアドの様子は……」

ツバキの言葉に、ラーハルトは俯いて拳を握った。

「……俺、もしも従魔術師として相性の合う魔物がドライアドだけだったとしたら、従魔術師を引退しますっ」

「待て待て待て！　早まるな!!　ドライアドがみんなあんな性格してるわけじゃないから!!　あの子が特殊なだけだから!!」

「ぐっ、し、師匠ぉ～!!　お願いですから、もう俺をあのドライアドと二人きりにはしないでくださ い～!!」

「うわっ！　ごめんって!!」

ツバキは初めて出会った時のように泣き出したラーハルトを必死に宥める。

そして今はリビングに置いてある鏡に夢中になっているというドライアドの様子を一応、一応見に行った。

落ち着きを取り戻したラーハルトは、温かい紅茶を台所で立ったまま飲む。

ドライアドに問題がないことを確認してきたツバキも台所に入ってくると、ラーハルトがツバキにもカップに入った紅茶を差し出す。

「すみません師匠……取り乱しました……」

「いいって。アレと二人きりでいたら取り乱すのは分かる」

どちらからともなく苦笑をこぼして、カップに口をつける。

「それで、冒険者ギルドで何か分かりましたか？」

「うん。結論から言うと、最近首都を中心にドライアド専門の従魔術師、植物学者による研究組織が立ち上げられて〝ドライアドの品種改良〟の研究を公式にしているんだって」

「え？　ドライアドって言ったって、植物じゃなくてれっきとした魔物ですよね？　そんな、命を弄《もてあそ》ぶようなことって許されるんですか⁉」

手に持っていたカップを叩きつけるように台所に置いたラーハルトに、ツバキが落ち着いてと冷静に制する。

「ドライアドは確かに魔物だよ。でも、植物としての特性も持つ魔物なの。そこは理解してる？」

「他の魔物と違い、種から生まれて土に根を張り水と太陽の光で育つ、って教科書に書いてあることなら……」

「そう。彼らは大地に根を下ろさないと生きていけない魔物だよ。それも清らかで豊かな土壌にね」

「それが一体、何の関係があるって言うんですか？」

ラーハルトの質問に、ツバキは無表情のまま答えた。

「なんでもね、最近首都ではそうした、ドライアドが十分に生息できる豊かな土壌が減っているんだって。それで、ドライアドの生息数が年々減っているのを危惧した専門家達が、少しの面積や、あまり豊かでもない土壌でしっかりと根を下ろして生きていける個体同士を交配させて、より強い個体を生み出そうとしているそうなの」

「え……」

「倫理的な問題はさておき、それ自体は冒険者ギルドも認めている正式な研究らしいんだけど……問題は、そうして生まれた中で、結果に乏《とぼ》しい弱い個体の苗を横流しして小金を稼いでいるクソ野郎がいるってこと！」

最後は怒ったように語調を強めたツバキだが、珍しく困ったようにへにょりと眉尻を下げる。

「ラーハルト。今回は正直、どうすれば正解なのか私には分からない」

「正解って、そんなの……」

「研究所に従魔と共に乗り込んで研究内容をめちゃめちゃにすることはできる。そうすれば人工的に作り上げられた不自然なドライアドは今後生まれなくなるでしょう。でももしかしたら、それが生息数が減ってる問題を加速させるかもしれない」

続けてツバキは逆の場合、このまま研究が進めば得られるだろう利点と欠点も話して聞かせる。

生息数は増えるかも知れないが、このドライアドのように、成体になっても不自然に小さいなどの問題を持つ個体が増える可能性があることを。

「ちなみに、あの引き取ったドライアドが四六時中口を閉じないのはあくまで個性みたい。喋り続ける研究とかは特にしてないって聞いた」

「正直それは凄く聞きたかった……！　ありがとうございます……!!」

冗談なのか本気なのかよく分からない一言を付け加えたツバキに、ひりついていた空気が少し緩む。

「まぁ、とにかく。今回私達にできることは、引き取ったあのドライアドをちゃんと飼育することくらいだね。恐らくあの子は研究所から横流しされて売られた個体なんだと思う。経緯が経緯だから、譲渡希望の奇特な人が仮に、もしも、万が一いても断ろう」

「は、はぁ……」

「研究所に返すにしたって、問題のある弱い個体はどうされるか分かったもんじゃないし、ね」

「……」

黙って話を聞いていたラーハルトが、強い意思を感じる瞳でツバキを見つめ、口を開く。

「ツバキ師匠。俺達にもできること、他にもあるでしょ！」

「え？」

「元々の問題は、ドライアドの生息数が減ってるってことなんですよね？　だったら、そこから改善していきましょうよ！　大地が汚れているなら綺麗にして、場所がないっていうなら、えーっと……花壇《かだん》を増やしたり！　二人じゃ無理なら、そういう声掛けを沢山の人にしましょう！」

「ラーハルト……」

「ツバキ師匠。俺ね、従魔術師っていう職業が好きですよ。従魔術師って、困ってる時に魔物の力を借りられる職業だと思うんです。それから、魔物が困ってる時に、力を貸してあげられる職業」

ラーハルトの脳裏に浮かぶのは、いつかの夜。

キラキラと舞う妖精兎の鱗粉を眺めながら、どんな従魔術師になりたかったのかを思い出した夜。

従魔とお互いに助け合って生活をする祖母のような従魔術師を目指したことを思い出した夜。

「ツバキ師匠。大変なことも、難しいことも分かってます。でも、預かり処《こ》《こ》では従魔の幸せのために何かをしたいって思うんです！」

ラーハルトの必死の訴えに、初めは呆気に取られていたツバキも我に返ると、ニッと口角を上げる。

「そうだね。ラーハルトの言う通りだ！　できることは少ないかも知れないけど、従魔の預かり処として色んな発信や手助けはしていこう！」

首都から離れた村の、さらに外れ。

小さな預かり処を中心に、緑の保護計画なる大きなうねりを生み出していくことになるのは、少し未来の話。

◆

デュポンと名付けられたドライアドが預かり処の一員になってから、いつにも増して賑々《にぎにぎ》しい毎日が過ぎていった。

朝日が昇ると、体を覆っていた葉を広げおはようの詩《うた》をうたい、預かり処の応接室に通された人の相手をしたり、ふれあい体験コーナーにやってきた見学者とお喋りをしたり。

ツバキやラーハルトに鉢植えを持ってもらいお出かけをした時は、行く先々で自慢《じまん》の美しさを披《ひ》露《ろう》し賞賛《しょうさん》の声を浴び、そして太陽が沈む頃には、ツバキ達より少しだけ早く眠りにつく。

ツバキとラーハルトは、止まらないデュポンのお喋りに、時にげっそりとした顔をしていたが、お喋りなドライアドのいる日々はおおむね愉快な毎日、と言える日常となっていった。

『ううむ……どうしたものか……』

「ん？　どうかした？　デュポン」

預かり処の庭の一角で畑仕事をしていたツバキが手を止める。

麦藁帽子で強過ぎる直射日光を遮ってもらったデュポンが、何やら思い悩む様子をみせている。

「珍しいじゃない。あんたが悩むなんて」

『なんたることだっ！　ボクは輝かんばかりの笑顔の裏でいつも常に何時《なんどき》も！　自分の美しすぎる美しさについて悩んでいるとも！　ああっ！　このボクの美しさのせいで世界のどこかで誰かが涙しているかも知れないし、その胸を痛めてため息を量産してしまっているかも知れない……とね！』

「ああ、そう……心配して損した……」

口数が若干少ないようだが、なんだいつも通りか……と、ツバキは中断していた作業を再開する。

デュポンもデュポンで、ツバキのそんな態度は気にならないのか、いつもの調子を取り戻しペラペラペラペラと喋り続ける。

『ボクは今まさに考えていたのだ……植木鉢《ここ》は狭いっ！　ボクの繊細かつ力強い根がぎゅうと、あたかもハイヒールの靴に押し込まれている爪先のごとき狭さだよ！　ああ、でもしかし……！　ひと所に根を下ろしてしまえば、ボクの美しさを一目見ようと群衆がここに詰めかけてしまうことは必至……！　ああ！　神よ！　美の神よ！　ボクの美しさがこの者達の家を壊してしまう罪深さよ!!』

「へー」

『それはそうとっ、陽の傾きが変わってきて直射日光がボクの葉先をジリジリとやってくれてしまっているから、日除けをさっとぱっと動かしてくれたまえっ！』

「はいはい」

『ううん……っ！　はっ！　ちょっと待ちたまえ！　健康的な美はもちろん完璧だが、むしろちょっと弱って息が上がっているボク……うんっ！　なんたる扇状的背徳的美しさだ……！　試してみよう！　ツバキよ！　ボクの葉先をちょろっと日焼けさせることを許す！　ちょっとだぞ！ちょっと！』

「へー」

『はあんっ……！　熱い……！　くっ、どうだいこの溢れ出てしまうボクのセクシーな美しさは!? ついつい新しい扉を開かせてしまったかな!?』

「はいはい」

『ああっ、神よ！　このボクこそはなんたる罪深いドライアドなのだ……！　一人の人間の性癖をボクの美しさが捻《ね》じ曲《ま》げ、あまつさえ禁断の扉を開放させてしまうとは……恐ろしい……自分で自分の美しさが恐ろしいよ……っ』

「あんた最初の狭いどうこうはどうなったの？」

新しい苗を植え終え、ついでに畑周りの雑草もぶちぶちと抜いたツバキは、どんどん話が脱線していくデュポンに呆れて思わず声をかける。

するとツバキの指摘に対して、ちょっとだけ日焼けしてしまった自身の葉先にふーふーと息を吹きかけていたデュポンがあ！　と当初の話題を思い出す。

『そうだったそうだった！　ツバキよ！　どうだい？　ボクはこの植木鉢からここの大地へ根を下ろすこともやぶさかではないと思うのだがね！』

にこにこと提案するデュポンに、しかしツバキはなんとも言えない表情を作る。

そして畑仕事のためにしていた軍手を外すと、デュポンの鉢植えを両手で抱えて木の下の木陰へと移し、その根本に腰を下ろす。

「ねぇ、デュポン。これはあんたのことだから正直に話すね。一応、あんたは譲渡に出す予定はないけど、もしかしたら今後、私やラーハルトの手を離れる時がくるかもしれないし……自分のことは、きちんと知っておくべきだと思うから」

『うん？』

そう前置きをしてから、ツバキはきょとんとしているデュポンを自身の顔の高さまで持ち上げると、視線をしっかりと合わせる。

「あんたはね、普通のドライアドじゃあないの」

『……』

「私達人間が、私達の都合で新しく生み出した個体なの。確かにあんたは普通のドライアドよりも綺麗よ。でも、同時にちょっと問題も抱えて生まれてきた」

『問題？』

「うん……あんたはね、普通のドライアドよりもずっとずっと弱いの。より美しくなるように追求された結果、あんたは、通常のドライアドと比べ物にならないくらい小さくなってしまった。さらに、その美しさを保つためには誰かの世話がかかせない。日中ずっと陽の光に晒《さら》されることは耐えられないし、雨風にだって負けてしまう。本来はその辺の魔物にだって負けないくらいの強さを持つドライアドだけど、あんたは妖精兎にだってかじられちゃったら終わりよ」

冒険者ギルドを介しドライアドの専門家に調べてもらった結果、デュポンは鑑賞用により美しくなるようにと交配を重ねられたであろう個体だということが判明していた。

しかし種としては弱く、通常のドライアドのように大地に根を張り一日中屋外で暮らすことは不可能。それどころか、自身の身を守る術さえ失われたデュポンでは、人の手助けなくしては生きていけないだろうことも。

「だからね、あんたはこれからも鉢植えで……誰かに助けてもらっ」

『なにを今更分かりきったことを言うんだい⁉』

「て……って、はい？」

重苦しい空気をまとっていたツバキの鼻先を、デュポンの蔓のような指先が弾《はじ》く。

『ボクが美にステータスを全振りしたことは誰の目にも明らかだろうとも‼　そう‼　棘さえも尋常ならざる美しさと引き換えにした狂気のドライアドとはまさにこのボクのことさっ‼』

「……」

『美しさのためには日々の繊細で面倒なケアが大切だろうとも‼　ボクももちろん気をつけてはい

るが、ボクの美のしもべ達に気を遣ってもらっていることも重々承知しているともっ!!　なぜならボクは気のつかえるおりこうドライアドちゃんなのだからねっ!!』

ツバキとしては、人間のせいでお前はこれから先、ずっと誰かの手を借りながら一生を狭い鉢植えの中だけで過ごすことになるのだ、と告げたつもりだった。

けれど、実にあっけらかんと笑うデュポンを見て、ツバキはまるで鳩が豆鉄砲を食ったように目をまんまるに開く。

『しかし、そうかい。植木鉢と運命を共にすることは知らなかった……なんだい!!　それならば植木鉢はボクも同然ということではないか！　ならば美しく飾り立てなければ!!　ツバキよ!!　まずはこのボクに相応しい一品をあつらえることを許そう!!　ついでにもうちょっと大きいサイズの植木鉢を所望する!!　このボクの瑞々しい緑に映える色をしたものを用意してくれたまえよっ!!』

「……ふっ」

ちょっと。若干。いや、かなり。

五月蠅くも感じるし、煩わしいと思うこともあるけれど。

この底抜けに明るくポジティブなドライアドとは、良い関係を築いていけたらいい、と意外にもそう思う自分がいることにツバキは笑った。

「はいはい。植木鉢ってことは、陶芸家さん？　そんな人村にいたかなぁ」

『なんだって!?　由々《ゆゆ》しき事態じゃないか！　このボクの美しさを飾り立てる植木鉢を我こそは作

らん！　という者達が、至る所から詰め掛けまくってしまうではないか!!』

「うーん……アリオスさんに聞いてみるか。なんか職人の連絡網とかないかな」

『ボクとしては、最低でも春夏秋冬それぞれのボクに映えるものを……それから雨の日用、晴れの日用と……』

自分の手の上でうんうんと悩むデュポンを眺めてツバキは思う。

あなたが咲かせてくれた花をそれでも愛でたい、と。

例えそれが歪《いびつ》な美しさでも。

人間《おまえ》には、美しいと心を捧げる資格はないのだと誰かに言われても。

小さく咲く花を、できれば小さな友人と共に。

幕間三　ピー助がやってきた日の小噺《こばなし》

鳴いた。

わけも分からず。

母が恋しくて。

お腹が空いて。

怖くて、不安で、何も分からなくて、とにかく鳴いた。

薄ぼんやりとしか開かない、三つの目に最初に映ったものは——

◆

「あのねぇ！　うちは従魔の便利屋でもなんでもないんだわ!!　勝手に置いてかれちゃ困る!!」

「え……でも、ここなら飼育しきれなくなった従魔を捨てていけるって噂で……」

「そもそもお前の従魔を気軽に捨てるな!!」

「ひぃっ！」

時間は少しばかり前に遡って、ラーハルトがツバキの押しかけ弟子になった日の朝。

卵から孵《かえ》ったばかりだろう三つ目鳥の雛を、玄関先に放置していった不届き者を、ツバキの指示通りサザンカは捕まえて戻ってきた。不届き者二名の首根っこを、歯茎を剥き出しにして唸るサザンカが咥えてツバキの前へと引き摺っていく。

そして玄関の前で仁王像のように待ち構えていたツバキが、二人に雷のような怒声を浴びせた。

「む、無言で置いてったのはごめんなさい……！　でもでも、私達これ以上は従魔を飼育できなくて！」

「じゃあなんで卵から孵した!?」

「勝手に孵っちゃったんですぅ！　っていうか、卵も気づいたら母鳥が抱えてて……っ」

「雌雄ごちゃごちゃに飼育してるの!?　勝手にって、そりゃ従魔だって雌雄のある魔物なんだから一緒に飼育してれば卵が産まれることもあるでしょうが！」

「ちが、違います！　俺ら、こいつの母鳥を伝書鳥として使役してたんですけど、その、手紙のやり取りしてる内に勝手に番《つが》っちゃって……」

「お前らの管理不行き届きだっ!!」

「ひえええ……!!」

抱えた籠の中で、必死にピィピィと鳴く三つ目鳥の雛を見下ろして、ツバキはため息を吐く。

「……それで、飼育できないってどういうことなの」

『あーあ』

　怒りのトーンを若干落として相手の話を聞く姿勢を見せたツバキの様子に、ツバキの足元で伏せていたサザンカは耳をピクピクと動かす。そして、いつもの流れだな、とこちらも主人《ツバキ》と同じくため息を吐いた。便利屋じゃないと言い張ってはいるが、結局主人である従魔術師に捨てられそうになっている魔物を見捨てられないお人好しなのが、サザンカの主人なのだ。

「そのぅ……俺とこいつは、伝達手段を持たない色んなパーティに雇《やと》われて伝書係をやってる従魔術師で……母鳥に育児をさせている暇もなければ、ゆっくり俺達で雛を育てる時間も知識もなくて……」

「その母鳥以外に何か伝達手段を持つ従魔はいないわけ？」

「うちのエース従魔なんですよお！　正直、こいつの母鳥が抜けちゃ依頼がこなせなくて！　そりゃ、俺達だって捨てるのは心苦しいですけど、でも、俺達の生活のために魔物をテイムしてるわけだから、従魔《それ》のために生活が苦しくなっちゃ本末転倒ってもんでしょ！　あんたも従魔術師なら分かるだろう⁉」

「ここなら代わりに飼育してくれるって聞いたから、従魔術師としてせめてもの責任を果たそうとしてここまで来たんじゃない！」

「責任、ね」

　反省するどころか、自分達の正当性を主張しだした男女二人の言葉を、ツバキは目を閉じて聞く。

まるで二人を視界に入れたら、もう殴りかからずにはいられないのだというように、肩を震わせこめかみに青筋を浮かべて。

『……あー、ツバキ？　おい、大丈夫か？』

「……サザンカ、私もすぐに行くから先に中入ってて。リビングにもわけありの従魔術師君が来てたでしょ。相手お願い」

『おう……ここでも問題起こすなよ』

「大丈夫。分かってる」

ふさふさの尻尾を一振りして、サザンカは踵を返す。後ろ髪を引かれるように、チラチラとツバキのことを気にしていたが、やがてツバキの魔力に少しも揺らぎがないことを確認すると、さっとリビングへと消えた。

「……さて。この三つ目烏の雛は、預かる」

「！　ありが――」

「それから、お前ら二人にはみっっっちり、三つ目烏についての講義をギルドで受けられるよう手配しておくから、明日からしばらくこの村に滞在して、しっっっかりそのクソみたいな脳みそに従魔の飼育方法を叩き込め」

「は!?　何言ってんの!?」

「いや、だから！　私達流れの冒険者で一つ所に長く居座るわけにはいかないから雛をあなたにっ！」

「ピィピピィピィ五月蝿いな。お前らを飼育して訓練してやろうか」

「……え？」

「……あの？」

どこまでも真顔のツバキの凄みに、男女二人はさっと顔色を悪くさせる。

「どんな噂を聞いてここに来たか知らないけど、私はね、自分の従魔を自分の勝手な都合で捨てようっていう輩《やから》が心の底から本ッッッ……当に大嫌いなんだよね」

「……」

「……」

「冒険者ギルドで、一から従魔術師の責任のなんたるかを学び直してこい‼」

そうして無責任な男女二人の従魔術師を蹴り飛ばし、ツバキは三つ目烏の雛がいる籠を大事に抱えてて家の中へと戻る。そっと籠を覗き込めば、まだ目も開ききっていない雛が母恋しさからか頼りなくピィ……と、か細く鳴いていた。

「大丈夫だよ。あなたのお母さんの代わりに、私があなたを育てるからね」

三つ目烏という魔物は、人語を操《あやつ》ることこそできないが、知能が高く、人の言うことをある程度理解できると言われている。

とはいえ、さすがに孵ったばかりの雛では言葉の意味は理解できないだろうがと思いながら、それでもツバキは声をかけ続けずにはいられなかった。

籠の中の雛にひたすら大丈夫という言葉を繰り返した。

少しでも安心するように、と。

◆

――大丈夫

その不思議な響きを繰り返し繰り返し聞きながら、三つ目烏の雛は恐怖に閉ざしていた三つの瞳をそっと開いた。

まだ視界はぼやけ、正直何が何だか判別はつかないが、自分を覗き込んでいる者の雰囲気は察することができた。

母だろうか――しかしふわふわの温かな羽毛はない。

母ではないのだろうか――しかしそれでも構わない。

ここにいれば、安心できる気がした。

◆

「あっ、またピー助がツバキ師匠の頭の上にいる」

預かり処にいる従魔達の世話をして回っていたラーハルトとサザンカは、畑で作業しているツバキの頭の上に、見慣れた小さな黒い塊が乗っかっているのを見つけ足を止めた。

『ツバキが卵から孵したわけじゃねえけど、ありゃもう親だと思い込んでんな』

「中には卵から孵してじっくり従魔を育てる従魔術師もいるらしいけど、知識も経験も必要で難しいって聞くのに。やっぱりツバキ師匠は凄いな〜」

『お前も極彩鳥の有精卵孵して育ててみるのはどうだ？』

「いやいやいやいや……俺の話聞いてた？　すっごく難しいんだって！　そんな無責任なことできないよ。そもそもうちは繁殖目的に極彩鳥の世話をしてるんじゃないんだから、できるできないの前にそうほいほい孵すわけにはいかないだろ」

『……まぁ、あの朝の鳴き声がこれ以上大騒音になったら一大事だな』

ツバキの頭の上で、機嫌良さそうにピィピィと鳴いている三つ目鳥の雛をもう一度眺めてから、ラーハルト達は止めていた足を再び動かす。

預かり処は今日も様々な従魔の声で騒がしく、そして穏やかだ。

第六章　犯罪行為、ダメ絶対！

「あれ？」

　おつかいから帰ってきたラーハルトは、預かり処から出てきた冒険者らしき集団を見て、目をぱちくりとまたたく。

「あ、こんにちは」

「こんにちはー」

「お世話になりました。また明日、きちんと装備等を揃えてから伺いますね」

「あ、はいー」

　冒険者達はラーハルトに気づくと、にこやかに挨拶をして預かり処を去っていく。

　その背中をその場で見送って、ラーハルトはぽつりと呟いた。

「……え、誰？」

　家の中に入ると、ツバキがリビングからひょいっと顔を出した。

「あ、おかえりラーハルト」

「ただいま帰りました……今そこで冒険者っぽい人達と会ったんですけど」

「あ、なんか預かり処《うち》の話を聞いて首都の方から来たんだって」

「え、まさかそんな遠い所から従魔を捨てに⁉」

「違う違う！　パーティの一人が従魔術師で、グレートウルフの譲渡希望で」

「あ、そっちですか……最近預けに来る人達の方が多かったんでてっきり」

ラーハルトは背負っていた荷物を下ろすと、冒険者ギルドで購入してきた従魔フード等を棚に納めていく。

そしてついでとばかりに台所でお湯を沸かすと、ポットに茶葉とお湯を注ぎ、二人分のカップに注いでリビングへと持って戻る。

「それで、どうでした？　うちのグレートウルフ達には会っていったんですか？」

「わ、ありがと……うん。相性が良さそうな子が一匹。それに話を聞いたら、前にもグレートウルフを従魔にしていたことがあるんだって。飼育するための知識も経験もばっちり」

「ん？　じゃあどうしてわざわざうちに……前にもテイムしてたのなら、また自分でテイムできますよね？」

「それがねー、うちのワケあって手放された従魔を世話して、それで縁があれば新しい主人にっていう考えに賛同してくれたとかで、是非にって」

「へえ！　なんか嬉しいですね、それ！」

「ね。それで、今日は一旦帰ったけど、また改めて来るからその時に正式に譲渡になると思う。だから明日はラーハルトも出掛けずにいてね」

「はい。分かりました！」

お茶を飲み一息つくと、ツバキはグレートウルフの様子を見にいった。ラーハルトも草食従魔達の餌用の草を刈りに行くため、麦藁帽子を被り軍手を持って庭へと出る。

翌日、経験豊富で感じの良い冒険者パーティの従魔術師に、預かり処にいたグレートウルフ達の内一匹を無事に引き渡したツバキとラーハルト。早速依頼を受けに旅立つという冒険者一行を、二人は笑顔で見送った。

そしてこのことが、後日とある事件の引き金になるのだった。

◆

『ギャー！　ギャー！』

『ピイイ〜イッ！』

『カアアー！　カアアー！』

グレートウルフの譲渡が行われてから、ひと月は経った頃。

預かり処の上空を、様々に鳴き声を上げる多種多様な鳥型魔物達が飛び回っていた。

魔物らしく色や形、大小も入り乱れた魔鳥達は、まるで一塊の暗雲のようにバッサバッサと羽根とその他諸々を周辺に撒き散らす。

「……」

「……」

所々白や緑に染まった預かり処の前の道に、傘をさしたツバキとラーハルトは無言で立ち尽くす。

ちなみに本日は晴天である。

「……なにこれ⁉」

「……この道って私有地でしたっけ？　村有地だったらやばい……」

白い体毛を持つサザンカは今回ばかりは力になれない、と預かり処の中からその様子をそっと窺った。

結論から言うと、預かり処の上空を占拠せんばかりに飛び回っていたのは、それぞれ従魔術師にテイムされ、伝書鳥の役割を果たしている従魔《鳥》達だった。

嘴や脚に括り付けられていた手紙を、ツバキとラーハルトの二人がかりで受け取ると、片っ端から開封をし、中身を確認していく。

生憎《あいにく》、預かり処にいる鳥型の従魔は、飛行に適さない極彩鳥とまだ雛の三つ目鳥だけ。

必然、二人はできる限り高速で手紙に目を通すと、返事を書き、それをまた魔鳥達に託《たく》し空へと放つ。

朝からその作業をひたすら繰り返し、繰り返し、繰り返し……最後の一羽を空へリリースする頃には、空はすっかり橙色に染まっていた。

「……なんだったんですか……てか一体何羽いたんですか……!?」

「……途中から増える前にすでに三十羽はいた……」

「ていうか手紙の中身、どれもほとんど同じでしたけど……」

〝グレートウルフを是非譲ってほしい〟

大量にあった手紙だが、内容はほぼ全て同じような要望だった。

それに対してひたすら「ご興味がおありでしたら、直接お越しください」と返事を書き続け、利き手がプルプルと震えている二人に「うわっ」という驚愕の声が届く。

「な、何かあったんですか？　す、凄い大量の鳥のフン……」

「え？　あ、すみません！　すぐにここ片付けますから！」

ラーハルトが慌てて駆け寄ると、女性客は首を横に振った。

「あ、いいえ！　大丈夫です！　ここを通るわけじゃありませんので……預かり処さんのふれあいコーナーがまだ開いてましたらと思って来たんですけど……」

「あっ、すみません。今日はちょっと……もう閉めようかと」

「大丈夫です大丈夫です！　また今度来ますね……あの、よければどんな頑固汚れもパパッ！　と落ちる掃除用洗剤、要りますか？」

「ええ!?　そんなのあるんですか!?　是非お願いします！　って、あれ？　あなたは」

「あっ、覚えてらっしゃいますか？　薬師です。私、薬師の」

「リリさん！　いつぞやはお世話になりました！　いやー、来てくれたんですね！　どうぞ中、に……」

ラーハルトは、声をかけてきた女性が、ドライアドを置いて逃げた妙にやつれた男を捜している時に、冒険者ギルドにて助けてくれた人だと気づく。

ぜひ預かり処内へ案内しようとしてラーハルトはくるりと振り返り、そして地面いっぱいに広がる魔鳥の落とし物と目が死んでいるツバキを見て、再びくるりと振り返り、結局その場でただ一回転する。

「……本当にすみません。また今後いらした時に案内します」

「ほ、本当に大丈夫ですから気にしないでくださいね。これ、掃除用洗剤です。汚れた所に拭きかけて、しばらく待ってから水で洗い流してみてください」

「本当に重ね重ねありがとうございます……」

「どなたか知りませんが、ありがとう……」

いつの間にかラーハルトの隣に並んだツバキも、リリにぺこりと頭を下げて礼を言う。

そんな死んだ目をして並んでいる二人に、リリは顔を引き攣らせ、若干体ごと後ろに下がり距離を取る。

「い、いえ……足りなければ村の商店街に店も構えてますので来てください。あ！　そういえば、聞きたいことがあったんですけど、これ。これってここのことですよね？」

「え？」

リリが思い出したようにポケットから丁寧に折り畳んだ新聞の切り抜きを取り出し、それを二人に広げて手渡す。

「〝快挙！　冒険者パーティ暁《あかつき》の狼《おおかみ》が前人未到の黄金のダンジョンの深層部へ到達！〟？」

切り抜きの見出し部分を読んだラーハルトが首を傾げる。

「ツバキ師匠、暁の狼なんて冒険者パーティと何か関係があるんですか？」

「いや？　知らないけど……」

首を傾げる二人にリリはここです！　ここ！　と記事のある部分を指差してそれを読み上げる。

「〝快挙達成の立役者は強力な従魔を新たに従えた従魔術師か。暁の狼メンバー、従魔術師シルバーは話す。従魔の飼育放棄問題に真正面から取り組む、素晴らしい預かり処の献身的なケアを受けたグレートウルフとの出会いがあってこそ、今回の深層部到達は成し得た。全ての従魔術師は彼女達の精神を見習うべきである。預かり処の場所はルルビ村──〟」

「……」

「……」

リリが読み上げた、覚えがあり過ぎるグレートウルフに関する記事に、ツバキとラーハルトはお互いに目を見合わせる。

「凄いですね！　あの有名な高ランク冒険者パーティの暁の狼に従魔の譲渡をしたんですね！　今みんなこの話題で持ちきりですよ！　それにしても、いつ来てたんですか？　サイン欲しかったなぁ」

頬を染めて凄い凄い！　と誉めそやすリリとは対照的に、ツバキとラーハルトの顔から徐々に血の気が失せていく。

「……ツバキ師匠。知ってました？　あの人達が凄い冒険者パーティだって……」

「知ってるわけないでしょ！　パーティ名も知らなかったっつーの！　むしろラーハルトは首都の学校行ってたんでしょ⁉　なんで知らなかったの⁉」

「在学中はこもって勉強ばっかですよ！　そのあとは自分の従魔をテイムできない悩みで頭一杯で、他の冒険者パーティの人気なんか気にしてられませんでしたし！」

リリの話しぶりから、グレートウルフを譲渡した従魔術師が所属しているのが有名で人気がある冒険者パーティだと悟った二人は、今朝からのお問い合わせ騒動の原因を察する。

「あの、リリさん。ちなみにこの新聞ってローカル紙……」

「いいえ？　もちろん、全国紙ですよ」

「……」

「……」

問い合わせが今日だけで終わらないことを察した二人は、そのままリリの店へと各種掃除用具と洗剤を購入しに行った。

◆

駆け出しの冒険者達御用達の大きな村とはいえ、ルルビ村は常にない大賑わいを見せていた。

従魔を連れた従魔術師や冒険者のみならず、観光客まで。

村にある宿屋とごはん処は、連日経験したことのない満員御礼ぶりにてんやわんやだったが、人の多さに最も混乱をきたしているのは言わずもがな。

全国紙の新聞に取り上げられた、ツバキ達の従魔預かり処だった。

「あ――――私がもう一人二人欲し――――……」

「やべ……俺ら昼飯食べましたっけ。むしろ朝食食べましたっけ」

『……昼にホットサンド食べてたぞ』

あまりの忙しさに目が若干イってしまっている二人の姿に、サザンカは一歩引いた所からそっとツッコんだ。

当初はグレートウルフの譲渡は可能か、という問い合わせが大多数だったが、従魔預かり処についての話題が広まるにつれて、ふれあいコーナーの体験希望者も日増しに増えていった。人語を解するサザンカや、餌やりや畑仕事などの作業もできるミノ太郎に手伝ってもらってはいたが、人手が足りていないのは明らかだった。

「いつまでこの状態続くんですかね……」

「知らないよ……私も知りたい……」

「しかも人の多さに肝心のグレートウルフ達が苛立ってて、譲渡希望者と対面するどころじゃありませんしね……」

「ふれあいコーナーの従魔達もさすがにストレス過多だよ……しばらく閉じようか……」

「でも閉じたところで、人は次々やって来ますよね……結局はその対応もしなくちゃいけないんじゃ？」

「……」

「……」

開けていれば忙しさで目が回り、閉じても問い合わせは止まないだろう。

どちらにせよ多忙という変わらない事実に、二人は言葉もなくただ俯く。

と、玄関から訪問者の声がかけられる。

「すみませーん！　あのー！　預かり処の方いらっしゃいますかーっ？」

スクッと立ち上がったツバキが、疾風の如く玄関まで一直線に駆け抜ける。

そして玄関の引き戸を引かず、勢いのまま蹴り飛ばした。

「うるっっっせえええ‼　こちとら都会のお洒落スポットでもなんでもないんじゃあああ‼」

「ぶべっ⁉」

「……あ」

ツバキが蹴り飛ばした引き戸と共に、玄関先に立っていた一人の男性が綺麗に放物線を描いて地面に落ちる。

「うーわー……師匠、これ以上仕事増やさないでくださいよ。誰が直すんですか、これ」

「やば。ふれあいコーナーの囲い作った時の材料の余りあったかな」

『……いやいやいや。倒れてる奴の心配もしろよ！』

ツバキの後から歩いてやってきたラーハルトのズレた指摘に、そうじゃないだろうとサザンカが吠えた。

◆

「いや～……すみませんでした‼」

「大っ変！　失礼しました‼」

「いえ……なんだか間の悪い時に来てしまったようで……こちらこそすみません」

結果的にツバキに蹴り飛ばされたも同然の男性は、件《くだん》のグレートウルフを譲渡された暁の狼メンバーの従魔術師、シルバーだった。

サザンカの喝で正気を取り戻したツバキとラーハルトは、シルバーを応接室のソファーへと運び込むと、手厚い手当てをした後に平身低頭で謝った。

しかしシルバーは特に怒るでもなく、それどころか二人に向かって頭を下げ謝罪の言葉を口にする。

「こちらこそ、本日は謝罪するために来ました。僕達の記事が原因で連日こちらの預かり処にご迷惑をおかけしてしまっているようで……本当に申し訳ありません」

「えっ⁉」

「そりゃ、確かに急に忙しくなって参ってるっちゃ参ってるけど……でも、別に実害があるわけじゃないし……！」

驚くラーハルトの横で、ツバキが慌てて返事をした。

「いえ、ダンジョン深層部到達も相まって、僕も嬉しくてついついラブちゃんを自慢して回ってしまい……同業者の闘争心に火をつけてしまったみたいで」

『待て。お前、いかついグレートウルフにラブちゃんなんて可愛い名前つけてんのか？』

「サザンカ、しっ！」

サザンカはツバキといいラーハルトといい、従魔術師のネーミングセンスはどうなっているんだと白い目を向けた。閑話休題。

「あの、僕の方でも一般の方々に落ち着いた行動を取るようお願いをする記事を新聞に載せてもらうので、この騒動ももう少しすれば落ち着くかと思います」

「あっ、それは是非お願いします！」

前のめりになったラーハルトに、シルバーがさらに話を続ける。

「それと、どうしてもグレートウルフを従魔にしたい従魔術師には、以前僕がテイムしたグレートウルフの生息地を冒険者ギルドを通して教えるつもりです」

「あ、なら、その時は一緒にグレートウルフの基本知識と注意も伝えるようにしてください。今は人気が出ているみたいですけど、本来グレートウルフは上級の魔物で、飼いたいという理由だけで飼育できる従魔ではありませんから」

「それもそうですね。生息地を教えるにしても、ある程度腕に覚えのある高ランク従魔術師に限定することにしてみます」

ダンジョン深層部到達という快挙を達成したことでさらに知名度が上がり、パーティ指名の依頼まで入るようになったというシルバーは、淹れたお茶が冷め切る前にこれでお暇《いとま》します、と腰をソファーから浮かす。

そして預かり処を出る前に「あ、そうだもう一つ」と見送りに玄関までついてきたツバキとラーハルトの方に振り返った。

「今、首都の方でなにやらキナ臭い事件が頻発しているようで」

「キナ臭い事件？」

「はい。盗難が相次いでいるんです。それも従魔を狙った盗難が」

「えっ⁉　それは、毛玉猫とか爆弾鼠みたいな愛玩従魔《ペット》をですか？」

「いえ、それがどうやら強力な能力を持った戦闘向きの従魔ばかりらしくて。首都の警察機関も首を傾げています。自分でテイムしていない従魔は野生の魔物も同然のはずなのに、どうして大人しく攫《さら》われてしまうのか、と」

驚愕に目を見開くラーハルトの隣で、ツバキは冷静に意見を述《の》べる。

「まぁ、うちみたいな例外はあるだろうけど。それでもうちも、それこそグレートウルフレベルの従魔の譲渡の際には絶対に私の立会いの元だし、その場で新たにテイムをしてもらってから引き渡してる。テイムせずに連れていったところで、ただ襲われて終わりだろうし……」

「そうですよねぇ。まぁ、何はともあれ、お気をつけください。今のところ被害範囲は首都だけですけど、今後何かないとも言い切れませんし」

「うん。ありがとう」

「シルバーさん、ありがとうございます。良かったらまた立ち寄ってくださいね！」

「ええ、是非」

手を振って去っていくシルバーを二人で見送る。

あー、仕事が山積み……と早々に中へ入っていくラーハルトに対して、ツバキは玄関に立ったままで考え込んでいた。

「従魔の盗難、か……」

◆

早朝一番の極彩鳥とのハモリを終え、卵片手に鳥舎から出てきたラーハルトは、ついでにここ最近苛立っているグレートウルフ達の様子を見に庭の一画へと寄る。

毎日世話をしているといえども、自身がテイムした魔物ではないので、苛立っている時に近づくのは危険が伴う。そのため、ラーハルトは近づき過ぎずに柵の外から様子を見た。

と、ラーハルトに気づいたグレートウルフ達が、にわかに落ち着きなく動き回る。

そしてついには高く長く遠吠えをし出す。

『アオ――――ン!!』

『ウウウ……オオ――――ン!!』

『アオ――――……』

「うえっ!? ど、どうしたどうした？」

朝の餌やりはまだではあるがいつも時間通りにあげているし、様子を見る限り怪我などをしているわけでもない。なのに、一体全体何をそんなに一所懸命吠えているんだ、とグレートウルフ達を一匹一匹順に見ていて、ラーハルトはそれに気づいた。

「……ぁあっ⁉」

元々預かり処には六匹のグレートウルフ達がいた。

それが少し前に一匹譲渡され、今は五匹が小さな群れをなして過ごしている……はずであるのに、どう数えても四匹しか柵の中にいない。

「あれ⁉　お前達、もう一匹はどこだ⁉」

茂みの陰にもいないし、穴を掘ったような跡もない。

「……！」

さああ、とラーハルトの顔から血の気が引く。

これは、もしや……とある考えが過《よぎ》った時、ラーハルトは先ほどのグレートウルフ達よろしく叫び声を張り上げた。

「ぬっ、ぬぬ……うちの子が盗まれたぁぁぁぁあああああ⁉」

毎朝の極彩鳥との日課で、無駄に鍛えられたラーハルトの声帯が無駄に本領を発揮する。

そしてそんなラーハルトの叫びに触発されたグレートウルフ達が、再び一斉に遠吠えを上げる。

ラーハルトとグレートウルフ達の絶妙に鼓膜にクる不快なハーモニーに、近くの木々に留まっていた鳥達が驚き一斉に羽ばたいていった。

ラーハルトがグレートウルフ達と絶叫のハーモニーを奏でる少し前。

一足先に、毛玉猫達をはじめ屋内で飼育している従魔達に朝の餌やりを終えたツバキは、リビングで取り寄せた最新の新聞を読みながら眉間に皺を寄せていた。

「……〝従魔専門の窃盗団、ついに地方にも出没か〟か」

窃盗団と思しき集団の写真と共に掲載された記事を読んで思考するツバキの膝に、サザンカがぽすりと顎を置く。

『……お前が今考えてること、当ててやろうか』

耳をくしゃくしゃと撫でるツバキの手を受け入れて目を細めながら、サザンカはフンッ！　と鼻息で新聞を揺らす。

『この窃盗団を、どうにかしたい。だろ？』

「残念。正解は、〝この窃盗団を、絞めたい〟でした」

『……どっちでも同じだろうが』

ようやく新聞から顔を上げたツバキは、片手で撫でていただけだったサザンカの顔をぐしゃぐしゃに撫で回す。

それに対してサザンカが鼻先に皺を寄せるのに笑顔を見せると、最後にその少し湿った鼻先を指先でまるでボタンを押すように押してから改めて新聞を開く。そして、窃盗団の写真をサザンカに見せた。

「ねぇ。この窃盗団だけど、サザンカは見覚え、ない？」

『？』

じーっと新聞の写真を眺めるサザンカに、ツバキが言う。

「ここ。この中央で、ちらっと横顔が写ってる女」

『匂いを嗅《か》ぐならまだしも、こんなボケてる微妙な写真じゃあなぁ……』

うーん、うーんと悩むサザンカと、もやもやして眉間に深い皺を刻むツバキの耳に、ラーハルト達の絶叫が響き抜けたのは、それからすぐのことだった。


ラーハルトから、グレートウルフが一匹見当たらないと報告を受けたツバキは急いで庭へと向かった。

柵の中に入り細かく捜索したが、結局見つけることはできなかった。

「……駄目。呼び掛けても返ってこない」

「!?　それって、従魔契約が解除されてるってことですか!?」

ラーハルトは自分で質問をしつつ、それはありえないはずだと頭を掻く。

従魔契約は従魔術の中で最も初歩的で、かつ最も強力な魔法なのだ。従魔契約がなければ、そもそも従魔術師も従魔も存在しない。

「う～ん……解除、はされてないけど、繋がりが限りなく薄く、遠くなってる感じがする」

『どういうことだ？』

「分かんないよ！　とにかく、なんでか知らないけどうちの敷地内にはいない！」

ツバキが焦りから声を荒らげると、そばでうろうろとしていた残りのグレートウルフ達がびくりと尻尾を股の間に丸め、ラーハルトの足元へとその大きな体を隠すように寄せる。

ラーハルトは身を屈め安心させるようにそれぞれの頭を叩いて撫でてやると、立ち上がりツバキへと問いかける。

「グレートウルフが自分の意思で逃げた……とかではないんですよね？」

「違うと思う。そうだったら明確に従魔契約が強制的に解除された反動が来るはずだけど、私には特に何もないし」

「ってことは」

「……盗難、って考えが一番妥当だと思う」

『まさか、新聞にあったやつか？』

「新聞？」

「前にグレートウルフを譲渡した従魔術師……シルバーが言ってたやつ。従魔を狙った窃盗団が首都だけじゃなくて地方にも出没してるみたいなの」

「まさかこの村にも⁉」

「……」

ラーハルトの顔からは血の気がうせ、ツバキは額に冷や汗を浮かべて唇を噛む。

と、緊迫したその状況に、まるで似合わない明るく美しい声が割って入ってきた。

『やあやあやあやあ！　何をそんなに雁首《がんくび》揃えて不細工な表情をしているんだい⁉　まったく！　美しくないね！　素晴らしい朝のひと時にまったくもって似つかわしくないね‼』

先ほどまでとは違う意味で沈黙が生まれる。

『ああっ！　雲一つない澄み渡る青空にただ一つ輝く太陽は素晴らしいが、雲間から差し込む陽光もまた素晴らしきかな……！　人間達は天使の梯子《はしご》、と言うのだろう⁉　なんとまったく！　このボクに相応しい光景と呼称じゃないか‼　呼び始めた者を褒《ほ》めたいねっ‼　誰だかは知らないけれどねっ‼』

「……」

「……」

『……』

呼ばれていないけれど飛び出てきたのは、品種改良により生み出された新しい形のドライアドであるデュポンだった。

元は植木鉢に植わっていたデュポンだが、元々の能力なのか、それとも甲斐甲斐しい世話の賜物か。いつからか土の下に植わっていた下半身部分の根っこを器用に足のように動かし、短時間ならば自分の意思でちょろちょろと動き回るようになっていた。

「……あの、ちょっと今は君に構ってる時間は」

『おおっと！　美《ボク》のしもべよ！　その狼達をこのボクに近づかせないでくれ給えよっ！　このボクの溢れ出る美しさに吸い寄せられ、あまつさえその鋭い牙を突き立てたくなる衝動……というものは理解できないでもないけれど、ボクの美しい葉にお間抜けな穴は開けたくないのだっ！』

「……」

「……」

『……』

グレートウルフ達ですら目を点にして、陽光というスポットライトを浴びてぺらぺらぺらぺらと喋り続けるデュポンを凝視する。

相槌を打たずとも閉じる気配のないデュポンの口。ついにツバキが背後からガシリ！　とデュポンの胴体を鷲掴《わしづか》みにして持ち上げた。

『うわあっ⁉　なっ、何をするんだい⁉　ビーナスよ！』

余談だが、何故だかデュポンはツバキをビーナス——女神と呼ぶ。

彼なりにツバキを主人と認め、あるいは感謝や愛情を感じているのかも知れない。が、説明が常のように長ったらしく、そして恐ろしく要領を得ない物言いだったので真意は掴めなかった。閑話休題。

「あのね。今、あんたに、構ってる暇、ないの！」

『ああんっ！　ビーナス！　そんなに強く掴まないで……っ！　優しく……まるで朝露に濡れる葉を撫でるそよ風のように』

「ラーハルト。剪定用《せんてい》の鋏《はさみ》ってどこだっけ」

「ちょちょちょ、落ち着いてくださいって師匠！」

『そうだぞ！　気持ちは激しく分かるが、落ち着け！　今はデュポン《こいつ》にいちいち反応してる場合じゃないだろうが！』

「ちっ！」

額に青筋を浮かべ、ぎりぎりと奥歯を噛み締めるツバキの唇に、棘《とげ》がついた小さな緑の手が触れる。

ツバキの片手に胴体を掴まれたまま、デュポンが器用に腕部分を伸ばしていた。

『ビーナス……短気は損気っ！　苛々は君の美貌《びぼう》を損ねる毒になり得るのだぞっ！』

「鋏ぃぃぃぃ!!　いやっ！　いっそ手で千切ってやるぅぅうう!!」

「うわーっ！　落ち着いて!!　落ち着いてくださいツバキ師匠ぉっ!!」

『てめぇもう黙れ!!　これ以上この場を混乱させるんじゃねえ!!』

暴れるツバキを後ろから羽交い締めにして、ラーハルトはなんとかデュポンをツバキの手から捥い取るとサザンカへと投げ渡す。

暴れるツバキに、そんなツバキを押さえることに精一杯なラーハルト。

そして、それでも尚口を閉じることを知らないデュポンを口に咥えるサザンカという、正にカオスな状況に、四匹のグレートウルフ達はひたすらおろおろとすることしかできない。

『あっはっはっ。朝から元気元気っ！　しかしそんなに声を張り上げていたら一日の終わりには喉を痛めてしまいかねないとも！　皆、ほどほど、ということを学ぶと良いと思うよっ！』

「『お前が原因なんだよっ！』」

意味もなく疲れきったツバキ達は、がっくりと地面に膝をつく。

ついにクゥ〜ン、キュ〜ン……と小さく喉を鳴らし出した可哀想なグレートウルフ達に気づいたデュポンが『ああ、そうだ！』と手を叩く。

『そういえば、昨夜狼を一匹連れていった人間がいたぞっ！　何やら珍妙な美しくない道具を狼に装着していた』

「……はあっ⁉」

「ちょっ……と待て！　いつ⁉　なんで知ってるの⁉」

『昨夜は星空鑑賞なるものを嗜《たしな》もうと、鉢植《ベッド》えではなくこの木の上にいたのだよ！　しかし、途中でやはり夜更かしは美容に良くないと思い直したところで、その美しくない一行を見たのだ。やたらとコソコソと周囲を気にしながらすぐに去ってしまったが……うむ、うむ！　悪事か！　泥棒、なるやつだな！』

あっけらかんと告げるデュポンに、ツバキ達は全員言葉もなく肩を震わせる。

そしてたっぷりの間を置いて――

「見てたならすぐに報告しろっっっ!!」

本日二度目。ツバキの怒りの絶叫に、近くの木々に止まっていた鳥達が一斉に飛び立った。

◆

「えっ!?　従魔の盗難被害、ですか!?　ツバキさん達の預かり処《ところ》が!?」

冒険者ギルドの受付嬢が思わず上げた声に、ギルド内がにわかに騒めき出す。

すっかり有名になったワケあり従魔の預かり処だが、活動内容とは別に、滅多にお目にかかれないような上級魔物をツバキがテイムしていることもまた、従魔術師達の間では噂になっていた。

そんなツバキ達が、従魔の盗難被害に。

一体誰の仕業だと、騒めきはどんどん大きく波紋のように広がっていく。

「あっ、すみません……！」

自分の失態に気づいた受付嬢が、咄嗟《とっさ》に口を手で覆うが時既に遅し。

ギルド内の至る所から上がる悲鳴に、ツバキはただ「……いいんです。いずれこういうのはどこからか情報が出て噂になるものだから」と淡々と告げる。

「……ほ、ほらっ！　注意喚起にもなるんじゃないですか!?　ねっ!?」

なんとも気まずい空気が流れるツバキと受付嬢の間で、ラーハルトがどうにかこうにか場を取り成そうと試みるも、後ろの騒めきはどんどん大きくなるばかり。

そしてついにはその中の一人が声を上げた。

「あの！　毛玉猫ちゃん達は無事ですか!?」

するとそれを皮切りに、次々と人々がツバキ達のもとへと詰め掛ける。

「今日ピー助ちゃん頭に乗せてませんけど、まさかピー助ちゃんが盗まれたんですか!?」

「もしかして爆弾鼠達ですか盗まれたの……!?　いやー！　ガス抜き体験が日々の癒しだったのに！」

「待て待て！　極彩鳥は!?　俺ぁ、分けてもらってるあいつらの卵のファンなんだよ！　もう食えないのか!?」

「っていうか、あんな強そうな従魔がうようよしてる所に侵入って……何があったんだ!?」

「ミノ太郎さんは!?」

「妖精兎！」

「防犯は！」

「グレートウルフ！」

「ドライアド！」

「白いでかい犬！」

「俺のもふもふ!!」

「私の癒し!!」

「ちょちょちょ……！」

「うわあっ！　み、みなさん落ち着いて……！」

たちまちカオスと化したギルド内で、勇《いさ》ましくも受付の上に乗り上げた受付嬢の一喝が響いた。

「みなさんっ!!　詳細は追ってお知らせしますっ!!　預かり処のお二方!!　二階奥の応接室までどうぞおっ!!」


冒険者ギルドの二階奥。いくつかある応接室の内の一つに通されたツバキとラーハルトは、揃って倒れ込むようにしてソファーに腰掛ける。

「……なんだったの、あれ」

「……なんだったんですかね、あれ」

それから少し間を開けて、少々髪や服がよれよれになった受付嬢も部屋へと入ってくる。

「すみません……とりあえず今ギルド長に場を収めていただいてきました……」

「ああ、はい……」

「ええと、改めまして……盗難被害について詳しくお伺いしてもよろしいでしょうか？」

受付嬢は二人の向かいのソファーに座ると、ペンとノートを手にまずは静かにツバキの話を聞く。

預かり処からグレートウルフが一匹消えたこと。従魔術によるコンタクトが取れないこと。昨夜怪しい人間が預かり処内に入り、グレートウルフを連れ去ったところを従魔の一匹であるドライアドが目撃していたこと。

いくつか質問を交えながら一通り話し終えると、受付嬢はノートを見ながらうーん、と難しい顔をする。

「ドライアドちゃんが言うには、えっと、珍妙な美しくない道具？　を、グレートウルフに装着していたんですよね」

「うん」

「恐らく、その道具によってグレートウルフを無力化、あるいはツバキさんの従魔術を遮っているのではないかと思われますね……ちなみに、その道具についてもう少し詳しく分かりますか？」

「それが、デュポン、ドライアドの説明じゃよく分からなくて」

「仮にあいつがもっと上手く説明できたとしても難しいと思う。そもそも夜中だしね、デュポンも活動時間じゃないいし、半分寝てたぐらいじゃないのかな。さすがに預かり処内《テリトリー》に不審な侵入者があったら、普段だったら大声で騒いでるはずだもの」

「うーん……そうですか……」

部屋の中に苦い沈黙が満ちるが、受付嬢がその悪い空気を断つようにパタン！　とノートを閉じる。

そして落としていた視線を上げて、ツバキ達を安心させるように笑顔を見せた。

「ひとまずグレートウルフちゃんの盗難被害を全国の冒険者ギルドに報告します！　それからご存じだと思いますが、一連の従魔盗難事件との関連の疑いもありますので、首都の警察にも同様に報告、盗難届をこちらで提出いたしますね」

「やっぱり、従魔盗難《それ》事件関連なんですかね……」

「ラーハルトさん……」

「……」

以前にシルバーから注意喚起を受けていたのに、という負い目もあるのだろう。

普段からグレートウルフ達を可愛がっていたラーハルトはしょんぼりと肩を落とす。

そんなラーハルトへかける言葉を探し返答に詰まる受付嬢を尻目に、ツバキは無言でラーハルトの背を思いきり叩く。

「いいっっったあああ!?」

「ツ、ツバキさん!?」

「くよくよタイム終わりっ!!」

「えっ!?」

そして立ち上がると、ツバキはほら帰るよ！　と、目を白黒させているラーハルトを置いて部屋の入り口へと向かう。

「従魔術師の義務として、ギルドへは然るべき報告をして対応してもらった！　あとは私達にやれることをやらなきゃね。でしょ！」

「……！　っはい！」

ラーハルトもすぐに立ち上がると、ツバキの後を追う。

二人の言動に驚き、一拍置いていかれていた受付嬢が、ハッとして今まさに部屋を出ていこうと扉を開けた二人の背中に慌てて声をかける。

「あっ！　待ってください！　もう一つお知らせしたいことが！」

「え？」

「実は、件の窃盗団について、首都の方で専門の調査団が結成されたそうなんです！　預かり処の報告を聞いたら、すぐに駆けつけてくれるはずです！」

「本当ですか!?」

「はい！　絶対に問題を解決して、連れ去られた従魔を取り戻しましょう！」

◆

ツバキ達が冒険者ギルドへ盗難被害を報告した翌日。

いかにも冒険者です、という風貌のいかつい人間と、警察組織の制服を着た人間数人からなる団体が、預かり処を訪ねてきた。

「こんにちは。ツバキさん、ラーハルト君」

「あれ？　シルバーさん？」

団体の中から進み出て朗らかに挨拶をしたのは、あのグレートウルフを譲渡した冒険者パーティ、暁の狼に所属する従魔術師シルバーだった。

「ん？　この間のパーティメンバーじゃないね。今日はどうしたの？」

「はい。今日は暁の狼としてではなく、連続従魔盗難事件の調査団の一員として来ました」

「あっ！　昨日ギルドの人が言ってた⁉」

「はい、そうです。冒険者ギルドに所属している高ランクの従魔術師数名と、首都の警察本部数名から結成された特別チームです」

そう言ってシルバーは力強く頷いてみせた。


調査団を預かり処内に招き入れて、ツバキ達は彼らをグレートウルフの柵へと案内した。

グレートウルフ達は、一匹が盗難に遭った後に預かり処の屋内、今は使われていない大きめの客室の一つに移動させた。そのため現在彼らは柵の中にはいないが、調査団の面々は犯行現場を確認したいらしい。

「柵自体には侵入禁止のような効果や魔法はかかっていなかったんですね？」

「ええ。ある意味グレートウルフ達自身が人間相手には侵入禁止の効果を持ってるようなもんだしね」

「はは、確かにそうですね。毛玉猫みたいな、愛玩従魔としても飼育可能な大人しい従魔とは違って、グレートウルフなんてそれこそ冒険者くらいしか求めませんし、経験の浅い冒険者であれば歯が立たないような高ランクの魔物ですからね」

「他の盗難被害に遭った従魔も、グレートウルフみたいな好戦的な魔物ばかりなんですよね？やっぱりうちみたいに静かに盗まれてるんですか？」

ラーハルトの至極当然な、けれど最大の疑問に対して、問われたシルバーは難しい顔をする。

「ええ、そうなんです。どのケースでも、騒がれることなく従魔が盗まれているんです」

「ちなみに盗まれた従魔の種類って聞いてもいい？」

身を乗り出してツバキが質問すると、シルバーはさらに苦い顔をした。

「それが……以前首都で起きている従魔盗難事件のことをお二人に伝えた時にはまだ僕も知らなかったのですが……実は、一連の盗難事件に遭っている従魔は全てグレートウルフを含むウルフ種なんです」

「え？」

「従魔の盗難事件は、悲しいことに毎年何件も報告されてますが、調査を進めた結果、今回はどうやらある窃盗団がウルフ種に的を絞って盗難を繰り返しているようなんです。なので厳密に言うと、我々はその窃盗団の調査団ということになります」

ツバキ達がシルバーと話しているうちに、他の調査団のメンバーが一通り柵の周辺を調べたらしい。何かを手にシルバー達のもとへと戻ってくる。

「シルバーさん。今回もありましたよ」

「盗まれた時の状況を聞く限り可能性は高かったが、やはり今回もあいつらか」

「みたいっすね」

「何かあったんですか!?」

ラーハルトの言葉に、調査団のメンバーが、手のひらに載せた白い包み紙のような物を見せる。

「これは？」

「ズバリ、薬っすね。超強力な鎮静剤みたいな」

「薬？　まさか、従魔に？　ありえない！　例え眠らせるなりしたって、従魔術がある限り従魔がこっちの呼び掛けに答えないことはないし、仮にもし眠らせて連れ出したとしても、起きたら襲われるでしょう!!」

「そこが最大の謎、なんですよ」

その場の全員が押し黙る中、ふとツバキがぽつりと呟く。

「……珍妙な美しくない道具」

「え？」

意味の分からないツバキの呟きに、シルバー含め調査団の面々が聞き返す中、一拍遅れてラーハルトが「あっ！」と声を出す。

「デュポンがその、珍妙な美しくない道具をグレートウルフに装着してたのを見たっていうあれですか⁉」

「うん。何かはよく分からないけど、もしかしてその何かがグレートウルフ盗難の鍵なんじゃないの？」

「すみません、ツバキさん！　そのお話、もう少し詳しくお聞きしてもいいですか⁉」

ツバキは調査員に向けて頷くと、今頃は気持ち良く日光浴をしているはずのデュポンのもとへと歩き出した。

『うう〜ん！　燦々と降り注ぐ美しくも瞳を焼く太陽よ！　ボクの瑞々《みずみず》しく輝く緑の葉に微笑みかけてくれたまえよ‼』

「……」

「……」

「……」

「……」

「……」

植木鉢の上でポーズを取りつつ日光浴を存分に楽しんでいるらしきデュポンに、デュポン初見の調査団の面々は言葉を失う。

『おっ、なんだいなんだいビーナスと美のしもべじゃないか！　どうしたんだい！　ぞろぞろと新しきしもべを引き連れて、このボクに何か用かい!?』

ツバキ達に気づいたデュポンは、わさわさと元気に茂《しげ》る葉を揺らして土に埋まっている下半身を自ら引き抜くと、鉢植えの上に立つ。

「あー……こちらが、その……例の目撃者、なんですか？」

「ええ、まぁ……薔薇系のドライアドのデュポンです」

調査団の一人が絞り出した質問に、ラーハルトがげっそり顔で答える。

『太陽も月も嫉妬《しっと》する美しさ！　風も水も虜《とりこ》にする罪な大輪の花！　天にあっては輝きを放ち！　地にあっては全てのものを魅了する……！　そう！　ボクだよ!!』

「……」

「……」

「……あの、大分……個性的なドライアドですね……」

「……」

「……」

誰もが無言の中、フォローの一言を発したシルバーに、ツバキとラーハルトは何も返せずに再び短い沈黙が落ちた。

すると調査団のメンバーで警察組織から選抜された内の一人が、果敢《かかん》にも一歩踏み出しデュポンへと直接話し掛ける。

「ドライアドというのは、人語を解し意思疎通が可能な魔物だと聞いている。少し前の夜に君が見た不審者について話を聞かせてくれないか？」

大抵、初めてデュポンに会った人は、デュポンのその大変個性的な性格と大袈裟に演技がかった物言いに引くか、またはまともに会話をすることを諦めてしまいがちだ。しかし、まったく臆《おく》することなく常のテンションでデュポンへ会話を試みたその人物に、ツバキとラーハルトはおおー！と思わず口に出し拍手を送った。

『ふむ……』

そして珍しく言葉少なに考え込むデュポンに、ついに普通に会話をするのか……！　と、ツバキ達がごくりと唾を飲み込んだのも束の間。デュポンは閃いた！　とばかりに手を打ち、ペラペラペラペラといつもの調子で話し出した。

『ふむ！　君は肉体美のしもべだな!!　服の上からでも分かるとも!!　その鍛えられし筋肉の脈動がね！　しかし悲しいかな!!　ボクの美とは相容れないようだ……なぜって、ボクは逞《たくま》しきゴリラの君ではなく、天上の天女の君を敬《うやま》っちゃってるからね!!』

「はあ……?」

「すみません。うちのが本当にすみません」

「あ、彼の言うことは八割がた右から左に流してしまって大丈夫なんで」

「は、はあ……」

このままでは話が一向に進まないと、ツバキは深いため息を一つ吐くと、むんずとデュポンの胴体を鷲掴みにして目の前に近づける。

『わっ、わっ、ビーナス！　一体なんだいなんだい!?』

「あんたが一昨日《おととい》の夜見たっていう不審者について詳しく教えてほしいんだけど！」

『んん～？　……あぁっ！　あのまるで月の女神に見捨てられたかのような暗闇にまぎれた醜《みにく》くも』

「オッケイ！　その不審者だ!!　それで、グレートウルフになんか道具を装着してたんだよね!?」

『そうとも！　妙ちきりんでまったくもって美的センスの感じられない……色味も最悪！　吐きそうだ！　ああ！　ビーナスよ……そう……あれは恐ろしくも美しい獣の牙を封じる口輪《くちわ》……』

「口輪!!　口輪を使ったのね!?　どんな口輪だった!?」

「ぜ、前後の不要な情報が多過ぎる……」

それからさらに一時間以上の時間をかけて、デュポンから聞き出した情報や状況から推察するに、どうやらグレートウルフは薬で弱体化ないし無力化されたところを、何かしらの特殊な効果が付与された口輪を装着され、連れ去られたらしい。

さらに調査団の面々からこれまでに調べた情報を聞いて、窃盗団について今現在確定していることは大きく三つ。

一つ目は、目的な不明だがウルフ種ばかりを狙っていること。

二つ目は、薬と特殊な口輪を用いて従魔を連れ去り、テイマーの従魔術の影響下から逃れていること。

そして三つ目は、窃盗団の頭目はまだ年若い女性であるということだった。

「女が頭の従魔窃盗団……」

ツバキが眉根を寄せて、何かを思い出すように唸る。

「……私、やっぱり女頭目《そいつ》のこと知ってるかも」

いつだかの新聞に載っていた写真の女が、ツバキの記憶の中で不敵に笑うある女と重なった。

◆

ねっとりとした生温い風が、肌にまとわりつくように流れていく。

太陽はとうに水平線の彼方に沈んだというのに、夏の夜の空気は地域特有の湿気を含んでちっとも涼しくならない。

長い銀髪を一つにくくった女が、苛々した様子でチッ、と舌打ちをこぼした。

「まったく。踏んだり蹴ったりですわ。幻の島国くんだりまで大変な思いをしてやってきましたのに、成果はイマイチだわ信じられないくらい暑いわ挙げ句の果てにお仕事のおじゃま虫ちゃんまで現れてくれちゃって……」

銀髪の女は周囲に倒れている仲間達を一瞥して、それから距離を空けて真正面に立ち塞がっている人物——正確には大型の狼のような魔物を連れた女性を睨みつける。

「仕事？　これが？」

それまで口を閉ざしていたその女性が、ぽつりと声を出す。

「ええ、そうですわよ。珍しい従魔ちゃんを欲しがるお客様に商品を提供するのがワタクシのお仕事ですの。ワタクシは一流ですから、調達もしっかり自分の手で行うのが信条なんですわ」

「商品？　調達？　従魔術師から既に契約を結んだ従魔を盗んで奪うことが？」

「う～ん……そこはほら。ちょっとズルしたい乙女心的な？」

「……つくづくふざけてる」

女性の隣の魔物が、銀髪の女に向かって牙を剥き出し、その脚は力強く地面を抉って駆け出す。

魔物の牙が、身を翻した女の銀髪をかすめ——

◆

「シルビア。従魔専門の窃盗団の女頭目シルビア……そいつが今回の事件の犯人だよ!!」

ツバキは数日前の新聞を急いで取ってくると、それを調査団の面々とラーハルトに広げて見せた。

そして鼻息も荒く、新聞の写真の中央に写っている女を指差す。

「白黒写真だから分かりにくいけど、この女銀髪じゃゃない!?」

勢い良く詰め寄るツバキに、シルバーが気圧されながら頷く。

「え、ええ！　ツバキさん、そんなことまでよくご存じですね……というか、何故知っているんですか？」

「ちょ、俺にも詳しく説明してくださいよ師匠！」

ラーハルトに促され深呼吸をして一度落ち着くと、ツバキは順を追って説明し出す。

「昔……まだ私が故郷にいた時に、そこで従魔の盗難未遂があったの！　その時は薬なんて使ってなかったと思うけど……とにかく特殊な口輪は使ってた！　それで、偶々居合わせた私とサザンカが取っ捕まえて適当に海に流したんだけど……そうだそうだ、当時すっごく腹が立ったから精神衛生上良くないと思って忘れようとしたんだ。すっかり今の今まで忘れてた」

一気に話し終え、あははと笑ったツバキ。他の面々は顔を見合わせて……そして飛び出てきた情報の多さに、待ってくれと調査団の面々が疑問を口にする。

「え？　ツバキさんってクリノリン王国の出身じゃなかったんですか？」

「待って！　例の女頭目を一回捕まえてんすか!?」

「海に流すって一体どういうことです!?」

「サザンカって、ツバキさんの従魔のあの大きな白い魔物ですよね!?　一匹だけで窃盗団を捕まえたんですか!?」

「はっ!?　待って待って、今それどころじゃない！」

「いや、一度は捕まえたんですよね!?　然るべき機関にきちんと受け渡したんですか!?」

「あれ!?　ってことは、預かり処からグレートウルフを盗んだのは私怨《しえん》の可能性も出てきた……!?」

「だから……！」

わーわーぎゃーぎゃー！　と、まるで爆発が起こったかのように一気にパニックに陥ったその場で、一人冷静なラーハルトはすぅ、と深く息を吸い込んだ。

ツバキとはそれなりの時間を過ごしてきた。

今のようなパニックや騒ぎに巻き込まれたことも多々ある。そしてそんな時にどうすればいいのか、ラーハルトはきちんと学んでいた。

「……っ」

吸い込んだ息を止めて、そして一気に叫ぶ。

「ツサザンカァァァアアアア!!　助けてぇぇぇぇぇぇ!!」

預かり処の中で実は一番冷静で、そしてきちんとした状況説明が意外と下手なツバキに代わり、場を収めてくれる彼女の相棒もとい最強の助っ人の名を力一杯呼んだラーハルトだった。

落ち着かないグレートウルフ達を宥めていたサザンカだったが、ラーハルトの必死の叫びに呼ばれて庭へと飛び出す。

そして調査団の面々にもみくちゃにされているツバキが視界に入り、ぎょっと目を剥いた。

『ちょっ、おいおいおいおいおい！　何だ！　何してんだ!?』

サザンカはバァウ！　と一鳴きすると、調査団の面々へと突っ込んで行き、ツバキの後ろ襟を咥えて無事に引き摺り出す。

もみくちゃにされたツバキを見て、調査団の面々は興奮のあまり失礼を働いたと申し訳なさげにしゅんと縮こまる。

「サ、サザンカっ、たすかっ……」

『おい！　一体なんだってんだ！　おい!?』

目を回しているツバキに代わり、ラーハルトがサザンカに答える。

「実は、今回の盗難事件の犯人の女頭目を、ツバキ師匠が前に一度捕まえたことがあるって言い出して」

『は⁉』

「サザンカも一緒だったらしいけど」

『俺も⁉　いつだ！　というか、どれだ⁉　気に食わねえ奴なら山ほど絞めてる‼』

「ええ⁉」

突然の問いかけにサザンカが混乱していると、サザンカの足元に座り込んでいたツバキが、握り締めてくしゃくしゃになってしまった新聞を掲げて口を開いた。

「ほらぁ……これぇ……この写真の女……」

『だから、匂いもしねえピンボケの写真一枚じゃ……』

「ほら、銀髪の、すっごい高飛車《たかびしゃ》な……えーっと……ほら、あれ。まだ実家にいた時の」

『……』

「最終的にあれ、イカダにくくりつけて海に放り出した窃盗団」

『……あれか‼』

ツバキの言葉にピン！　と来て叫んだサザンカを見て、ラーハルト達はツバキの話は本当だったのか、と驚く。

「え、まじで⁉　まじで犯人を一回捕まえたことあるの⁉　その後まじで海に流したの⁉」

ラーハルトに詰め寄られたサザンカは、たじろぎながらも大きく頷いてみせる。

『あ、ああ……ツバキの縄張りで、あー……なんだ、珍しい従魔を盗もうとしてたコソ泥を見つけて……絞めて……あー……あれだ。その、俺らの故郷はこの国の警察組織みてぇなのがなくて……まぁ、うん。海に流して終わったな……？』

サザンカが答えるなり、ラーハルトも含めて調査団の面々は目を見合わせてぼそぼそと囁《ささや》き合う。

「ツバキさんの縄張りって……？」

「珍しい従魔ってなんすか？　え？　ツバキさんって一体どこの出身……」

「いや、俺も師匠の故郷なんて知らないですよ……」

「ていうか、警察組織がないから海に流すってなに……？　どんな文化……？」

ラーハルト達が声をひそめていようが漏れ聞こえてくる内容に、ツバキもサザンカもぐっと苦虫を噛み潰したような顔をする。

ラーハルト達のなんとも言えない視線がチクチクと刺さって痛い……が、今は余計な質問にいちいち答えている時間はない。

「……とにかく！　犯人があいつならどうにかなる!!」

「え!?」

「サザンカなら匂いを覚えてる、はず！　追える!!」

『え!?』

「あのクソ女の使う口輪なら壊せる！　問題は私の知らない手段……薬だけど、そこは専門家に任せる！　ラーハルト、知り合いに薬師の女の子いたよね!?」

「うえっ!?　は、はい！　……はい？」

ツバキはよしよし、と頷くと勢いよく立ち上がり順々にラーハルト達を指差し指示を飛ばす。

「ラーハルト！　薬師を連れてこい！　サザンカ！　犯人のクソ女の匂いを思い出して追え！　シルバーさんとその仲間達！　昔捕まえた時のクソ女の情報を教えるからギルドに報告と再度捕まえる準備諸々！」

「え、今からですか!?」というラーハルトの叫びは、ツバキの「はいっ！　各自行動開始！」という一声によって黙殺された。

◆

ツバキの無茶振りとも言える指示を、ラーハルト達がなんとか遂行してから数日後。

調査団の面々がルルビ村での仮拠点としている宿の一室では、彼らの他にツバキとサザンカ、そしてラーハルトが雁首を揃えて机上に広げられた地図を覗き込んでいた。

「現在までに集まった情報と、ツバキさんから伺った話を総合して考えると、窃盗団はこの村の北にあるディガ山に潜伏しているものと思われます」

「ディガ山か。低ランク冒険者でも越えられるくらいのレベルだが、あそこはとにかく広くて洞窟なんかも多い。確かに、大きなウルフ種の従魔を連れて潜伏するにはもってこいだな」

「ええ。低ランク冒険者でも越えられる山、ということは珍しい魔物や薬草なんかもなくて、今更隅々まで探索しようなんて冒険者もいないしね。あいつら、そういう所を好んで根城《ねじろ》にしてるのよ」

ツバキは地図から顔を上げると、納得し頷く面々を眺め見る。

「ただ、女頭目の匂いを追ったサザンカ曰く、あいつら一箇所に留まってるわけじゃなくて、いくつかの洞窟をアジト化して分かれて行動してるらしいの。叩くなら全ての箇所を一気に、だと思うんだけど、チームを分けた時に伝令に使える従魔をテイムしている人はこの中にいる？」

ツバキの問いに、一人が手を挙げる。

「あ、それだったら自分が。三つ目烏を三羽テイムしてます」

「よし。じゃ、チームを分けて、そしたらすぐにディガ山に向かいましょ。窃盗団がいつまでディガ山を拠点にするか分からない。実際、ちょっと前までは首都を中心にしていたようだし、出られるならすぐにでも出た方がいいと思う！」

「そうですね。ツバキさんの言う通りだと僕も思います」

「自分もシルバーさんと同意見です。盗まれた従魔達の状態も心配ですし……」

「そうと決まればチームを分けましょう。まずは——」

真剣な表情でシルバー達と意見を交わすツバキの横顔を、ラーハルトは一歩下がった所で見つめる。

そしてはぁ、とため息をこぼす。

それを耳ざとく拾ったサザンカは、おもむろにぺろりとラーハルトの手を舐めた。

「うおっ！　びっくりした……どうかした？　サザンカ」

『どうかした、はこっちのセリフだ。どうした、ぼーっとしてよ。お前はあっちに交ざらないのかい』

「あー……ちょっとびっくりして……」

『びっくり？』

ラーハルトはいつの間にか隣にきていたサザンカに合わせて屈むと、こそこそっと耳打ちをするように語りかける。

「ツバキ師匠、従魔に関しては本当に凄い人だと思ってるけど、あんなに真剣な表情をしてるところは初めて見た気がして……なんつーの？　怖いくらいっていうか……」

『まぁ、今回は実際に従魔を盗まれてるしな……』

「それにシルバーさんとか、首都でも有名な冒険者達や警察組織の人とも対等にやり取りしてて、なんか、改めて凄い人だなって思ったというか……俺はまだまだなって再認識したというか……」

ラーハルトは自嘲するように笑みを浮かべる。

「俺は預かり処《ここ》でツバキ師匠と一緒に活動してるけど、ぶっちゃけいまだに自分で魔物をテイムできてすらいないし、なんか……改めて壁を感じたというか……あはは……」

『ツバキが真剣に見えるっていうんなら、それはあいつが俺等、従魔を大事に想《おも》ってるからだ』

「え？」

ラーハルトは、俯けていた視線をサザンカへと移す。

サザンカは自分を見つめてくるラーハルトとは目を合わせず、ツバキの横顔へと真っ直ぐな視線をそそぐ。

『目は口ほどにものを言う、って知ってるか？　俺は、お前もうちの従魔《やつら》を見る時は似たような目をしてると思うけどね』

「……それは、自分では確認のしようがないなぁ」

『おう、従魔《俺達》だけが知ってる眼差し、ってやつだな』

サザンカは視線をラーハルトに遣ると、ニッと口角を上げてみせる。

『ま、気長にやれや。ツバキも言ってたろ？　従魔契約は相性だ。言ってみりゃ、ツバキやあそこにいる従魔術師達は八方美人だが、お前はドンピシャな奴に一点集中タイプなんだろうよ』

「そっか。見つかるかな、俺のドンピシャ」

『見つけに行く、くらい言ってみろ』

「ははは……ありがと、サザンカ」

そうしてラーハルトが今はまだ見ぬ自身の従魔に思いを馳《は》せている間に、窃盗団の捕縛のためのチーム分けが行われた。

目指すは村の北にそびえるディガ山。目標は盗まれた従魔達の保護と窃盗団の捕縛。

◆

村の北にそびえるディガ山にて。三手に分かれたツバキ達は、それぞれ窃盗団がアジト化している洞窟の前で身を隠し、突入のタイミングを図っていた。

洞窟に出入りする窃盗団の人間の有無や、気配探知の魔法が使える調査団のメンバーが探った洞窟内の様子を、従魔の三つ目烏を通して伝達し合いつつ、静かにその時を待つ。

「……！　来た」

一番大きな洞窟の入り口を見張っていたツバキが小さく声を上げた。

ツバキのその声につられて、同じチームのシルバーと調査団のメンバー一人、サザンカ、そしてラーハルトが洞窟の入り口へと意識を向ける、すると、陽の光に照らされてきらきらと輝く銀髪をポニーテールにした女性が洞窟の奥から外へと出てきたところだった。

「あれが女頭目のシルビアです」

「ほ、ほんとにいた！」

『んだよ、ラーハルト。お前この俺の鼻を疑ってたのか？』

「いや、そういうわけじゃないけど……！」

若干声が大きくなっているラーハルトとサザンカを、ツバキがしっ！　と立てた人差し指を唇に当てて制す。

それを横目に、シルバーは片腕にとまらせていた三つ目烏に「女頭目、確認」と告げると、目立たぬように最小限の動きで空へと放つ。

「見たところ丸腰みたいっすけど、そもそもあいつは従魔術師なんっすか？」

「いえ、彼女が従魔術師だという情報はありません……ていうかあなた、調査団のメンバーですよね？　それくらいきちんと確認しておいてください……他のメンバーはみんな知っていますよ」

「へへっ、そこは、ほら。俺は捕物要員の筋肉担当なんで」

「はぁ……」

シルバーが無事に三つ目烏を送り出したのを見届けてから、調査団のメンバーは彼に問いかけた。

この土壇場でそんな初歩的なことを聞くのか、というシルバーのジトリとした視線も気にせずに舌を出してみせるメンバーに、シルバーはため息を吐きながらも丁寧に答える。

そしてそのシルバーの答えに、さらに続けたのはツバキだった。

「でも確かあの女、魔法使いだよね？」

「ええ。それも少々特殊な部類の魔法使いです」

「特殊？」

「従魔の盗難の際に使用されたと思われる口輪について、覚えていますか？」

「あの、従魔契約を無力化しているだろうっていう、デュポンの見たあれですよね」

「はい。効果については推測の域を出ませんが、一つだけ確実に分かっていることがあります」

シルバーは一度口を閉じると、一呼吸置いてから告げる。

「あの女頭目は、武具への耐性付与等の付与魔法《ふよまほう》、無機物への魔法効果付与《まほうこうかふよ》という点において、魔法の天才です」

初めて聞くその事実に、ラーハルトはごくりと音をたてて唾を飲む。

「じゃ、じゃあああの女性を捕まえない限り、従魔を簡単に盗めてしまう道具をいくらでも作り出せちゃうってことですか⁉」

「そうなりますね」

「チッ。それをあの時に知ってれば、海へ放り出すだけじゃなくてギタギタに再起不能にしてやったのに……」

「⁉」

ぼそりと呟いたツバキの物騒な一言に、ラーハルトはびくりと肩を震わせた。

同じくぎょっとした表情を見せたシルバーだが、コホンとわざとらしく咳をすると場を仕切り直す。

「と、ともかく。今回の調査でそのことが判明しましてね。冒険者ギルドとしても警察組織としても、あの女性には首輪をつけていたいということなんですよ」

「そうなんですね……凄い能力だと思いますけど、でも使い方によってはとんでもなく危険な能力ですもんね」

一見すると非力な女性に見える女頭目の持つ強力な能力を聞いて、ラーハルトは冷や汗を流す。

その時、少し離れたところで翼のはためく音がした。

頭上を見上げれば、戻ってきた三つ目烏が木の枝にとまってピューイッ、と一度だけ鳴く。

「！　どうやら他の洞窟でも動きがあったようです……なるほど、これから最低限の見張りだけ残して外へ出るようですね」

――ピィー……ユイッ。

「……盗まれた従魔達を取り戻すだけなら、ほとんどの人間が出ていった後で突入するのが上策ですが、今回は窃盗団そのものを捕縛することが目標の一つです。となれば」

――ピュッ、ピューウッ！

「……これから三ケ所一斉に突入します。タイミングは僕が数えます」

シルバーの指示に、調査団のメンバーとツバキ、サザンカ、ラーハルトが一斉に身構える。

「いよいよだな！」

「今度こそボコボコにぶちのめす」

『……お前はほどほどにな』

「お、俺も冒険者時代に培《つちか》った体術で頑張ります……！」

『お前も無理すんなよ』

「うっ、うん……」

――ピィ……ピィーッ！

「三……二……」

その場にいる誰もの心臓がドクドクと大きく脈を打つ。そして――

「……っ――！　今ですっ!!」

身を隠していた茂みから、ツバキ達は地面を蹴って洞窟の入り口へと飛び出した。

◆

「ちょっと、なんなんですの!?」

窃盗団がアジト化していた洞窟の入り口付近では、中から出てきた窃盗団の人間と調査団の面々が激しい攻防を繰り広げていた。

とは言っても、タイミングを計り、さらに事前にサザンカ達が調べた情報から窃盗団の人数やおよその戦力を分析していた調査団の優勢は間違いがなかった。

「何って、悪党をとっちめてるんでしょう、がっ！」

「くっ！」

きぃきぃと甲高い声で叫んでいる窃盗団の女頭目、シルビアに向かって、ツバキの固く握り締められた拳が飛ぶ。

それを後方へと飛び顔面すれすれで避けたシルビアは、掠《かす》った衝撃ではらりと切れ落ちた自身の銀色の髪を見て額に冷や汗を浮かべる。

「ちょっ……とぉ！　なんですのこのゴリラ女はぁっ⁉　あなた、拳闘士《けんとうし》か何かですの⁉」

「しがない一介の従魔術師ですけど。ふんっ！」

掛け声と同時に、ツバキの強烈な左フックがシルビアを追う。

「ぎゃあっ！　じゅ、従魔術師⁉　ぅぅ嘘をおっしゃい！　どこにあなたの従魔がいるんですの⁉

……うっきゃあ‼」

「ほっ！　はぁっ‼　あんたには自分の拳で一発入れるって決めて……んのっ‼」

「ひゃあああっ‼　なっ、なんなんですの⁉　その意味不明は決意は⁉」

「逮捕状とか容疑とか諸々沢山あるけど……っおらあ‼　とりあえず、話はその前歯を一本へし折ってからね」

「このっ……！　暴力女ぁっ‼　いやああ⁉」

腰を捻り渾身の力を込めたツバキの右ストレートが、ついにシルビアの顎に入り、華奢《きゃしゃ》な身体が後方へ吹っ飛んだ……と思われたが、空中で器用にくるくると回転したシルビアは勢いを殺して華麗な着地を決める。

「ふぅっ！　いやですわ。なんて暴力的な女なの。まるで、まるで……」

ツバキの拳が掠りはしたのだろう。顎を押さえて僅《わず》かにふらつきながらも立ち上がったシルビアは、眉根を寄せてじっとツバキの顔を眺める。

「……黒髪の暴力的な怪力クソ従魔術師」

そしてぽつりとそう呟くと、シルビアは苦々しげにふっくらとした真っ赤な唇を噛み締めて震える。

「お、思い出しましたわ……！　あなた、いえ、お前はあの時の……！」

「ふん、あんたって自分に都合が悪いことは忘れるタイプ？　私にあれっだけ、ギタギタにされておきながら、まーだ懲りずに従魔の窃盗なんかしてるなんてね」

「おま、お前のお陰であの時ワタクシがどれだけ苦労をしたと……！　きぃぃ！　今度こそ憎ったらしいお前のその顔をグシャグシャにしてやりますわ!!」

「弱い犬ほどよく吠えるわ！　昔も今も私に一方的にボコボコにやられてるあんたなんかに何ができるって言うのよ！」

フン！　と鼻で笑うと、シルビアは腰のベルトにくくり付けていた鞭を片手に構える。

「あの時のワンちゃんを連れているのならいざ知らず、従魔術師のくせに素手で挑《いど》んできた自分の愚《おろ》かさを悔《く》いなさいな!!」

強力な効果の魔法が付与されたシルビア特製の鞭が、ビュウン！　と音をたてて風を斬り裂いた。


調査団の面々がそれぞれ窃盗団の人間達を捕縛しようと洞窟内外で戦闘を繰り広げている中、ラーハルトは一人必死に奥へ奥へと進んでいた。

「おーい！　みんなーっ！　どこだー!?」

洞窟内に盗まれた従魔達がいるのは間違いない。直接従魔契約を結んだ主人でもなければ、魔法付与された口輪のせいで従魔術を使っても彼らの気配が辿れない中で、ラーハルトは地道に足を使って捜していた。

本当ならば窃盗団の人間達を全員捕縛した後に、ツバキ含め従魔術師全員で向かった方が良いのだろうが、安否の分からない従魔達を思うと、どうしてもいても立ってもいられなかった。

「ラーハルト君！　待つんだ！　君達の従魔以外も恐らく盗まれて捕らえられているんだ。いくら従魔術師に訓練された従魔といえど、主人でもない人間が……それもとても不安定な状況下に置かれているだろう従魔相手に一人で突っ走っていくのは危険だ！」

気持ちがせいて洞窟の奥へ奥へと猛然と進むラーハルトの肩を、追いかけてきたシルバーが掴んで引き留めた。

「シルバーさん、でも……！　もしかしたら、盗まれたうちの……いえ、他の従魔達も、怪我してるかもしれない！　栄養状態だって分からないし、そもそもうちのグレートウルフがちゃんと生きてここにいるのかっ！」

強く肩を掴まれたラーハルトはしかし、泣き出しそうな表情でシルバーの正論に喉を引き攣らせて返す。

「分かってる。せめて、僕のグレートウルフを先頭にさせてくれ。預かり処から譲渡してもらった仲間だ。預かり処から盗まれたグレートウルフも、この子がいれば少しは落ち着くかもしれないし……最悪、不安定な状況下に置かれている従魔達に襲われても後《おく》れを取ることはないだろう」

「……っ、はい」

一秒でも早く従魔を助け出したいラーハルトは、落ち着かない気持ちのまま、シルバーの提案を受け入れる。

するとシルバーの隣を陣取っていたグレートウルフが、喉を鳴らしながらラーハルトの固く握られた拳をぺろりと舐めた。

『グルル……』

「はは、慰めてくれてるのか？　ありがとう……お前も、お前の仲間が心配だよな」

『ガウッ』

ラーハルトはグレートウルフの頭を撫でる。

そして気持ちを入れ替えるように、一度ゆっくりと深呼吸をする。

「すみません、シルバーさん。俺、気持ちばっかり焦ってました……行きましょう！　できるだけ早く、でも慎重に！」

「ああ。先頭は僕のグレートウルフ《ラブちゃん》、それから僕、ラーハルトくんの順で。いいかい、相手は従魔術師に訓練された従魔達だけど、どのような精神状態なのかは不明だ。もし何か危険があると判断した場合は、調査団の他の従魔術師ないしツバキさんの合流を待ってから再アタックしよう」

「分かりました！」

一度目を瞑り、そして深く息を吐く。

ラーハルトはシルバー達と共に、洞窟の奥へと今度は慎重に足を進めた。


威力増大の魔法付与が施《ほどこ》されたシルビア特製の鞭がしなると、洞窟内の屈強な岩肌が削られその破片が飛び散る。

無数のそれらのうちの一つが頬をかすめ、ツバキの薄い肌を裂いてぷくりと赤い血の玉が浮く。

「……はっ……はっ……！」

荒い息遣いがいやに鼓膜《こまく》を震わせる空間で、艶のある髪を地面に散らしてごろりと横たわるのは。

「コンのクソ女ぁぁぁぁあああ!!　従魔は使わずにお前が直接かかってくるんじゃなかったんですの!?」

『フガフガッ！』

「は？　直接殴る、とは言ったけど、従魔《サザンカ》を使わないとは言ってないでしょうが。あんた頭わいてんの？　従魔術師が従魔使わないとか……ハッ！　鼻で笑うわ」

「〜〜〜〜〜っっつ!!」

『フガフガ……（俺はいつまでこいつを咥えてればいいんだ……）』

ツバキの真っ向勝負を真に受け、勇ましく鞭で応戦しようとしたシルビアであったが、しかし。

ツバキの指示により、死角から飛び掛かってきたサザンカに飛ばされ倒され伸《の》し掛かられ、そしてついでとばかりに頭に咬みつかれていた。

「って、きゃー!!　涎《よだれ》！　涎が目にぃぃぃ!!」

「よし。そのまま押さえててサザンカ。予告通り一発入れるから」

『フガ……』

「いやあ!!」

岩の破片を受けてできたツバキの頬の傷から、たらりと血が垂れる。

彼女はそれを雑に手でぬぐうと、サザンカに背中に乗られ、頭を齧《かじ》られて、涎まみれになっているシルビアへ、つかつかと近づいていく。

「さて。歯は食いしばらなくていいよ」

「え？」

「食いしばろうが食いしばらなかろうが、あんたの歯はボキボキに折ってやるから」

「クソ暴力女ーっ!!」

ツバキの振り上げた拳が頂点で一度止まり、そして勢いよく振り下ろされるまさに直前。

身動きの取れなくなっていたシルビアが、握り締めていた鞭を捨て、そして代わりに首元のネックレスへとなんとか手を伸ばして一言叫んだ。

「ま、待ってくださいまし!!」

「……？」

動きの止まったツバキを見て、シルビアはにやりと口角を上げる。

「ふ、ふふ……奥の手というものはきちんと準備しておくものですわね」

「なんだって？」

「これはただのネックレスではありませんことよ！　これもワタクシ特製の特別な魔法付与がされた秘密兵器ですわ！　さて！　この場面でワタクシが秘密兵器と呼ぶものは一体なんだと思います!?」

「っ、まさか!?」

シルビアの言葉を聞き、一拍間をおいてからツバキの顔色が瞬時に変わる。

予想できる最悪の、そして唯一のシルビア側の現状打破の一手。それはもちろん――

「盗んだ従魔共の口輪に連携してますのよ!!　そしてもちろん、私がこれで下す命令は一つ!!　さ

あ、暴れ回りなさい、従魔《いぬ》共っ‼」

大人が二人、ぎりぎり同時に通れるかどうかという狭い通路を抜けたラーハルトとシルバー、そして彼の従魔のグレートウルフは、唐突に現れた広い空間に感嘆の声を上げた。

「うわ……ひろ……」

「これは、自然物か？　それとも人工的に広げたのか……」

薄闇の中、目をこらせば周囲にやけに頑丈そうな鎖や檻《おり》が並べられている。

それらを確認した二人は顔を見合わせると、こくりとどちらからともなく頷く。

「ここが盗んだ従魔達を置いておく場所で間違いないだろう。檻を一つ一つ見て回ろう」

「はい。ところで、盗まれた従魔達は全部でどれくらいになるか把握しているんですか？」

「おおよそはね。けれどアジト化していた複数の洞窟内でそれぞれ管理している可能性もある。それに、被害届が出されたもの以外にも盗難に遭っているかもしれないから、はっきりとした数は言えないが……恐らく三十以上はいるとみていいと思うよ」

「三十⁉　そんなにですか⁉」

「ああ……待って！」

「？」

突然シルバーが片手を上げてラーハルトの動きを止める。

何事かと訝《いぶか》しむラーハルトに対して、シルバーは一歩前を行く彼のグレートウルフを示してみせた。

ラーハルトがはっとしてシルバーのグレートウルフに視線をやると、背を低くし、鼻先に皺を寄せて奥の暗闇を睨みつけている。

人間よりも遥かに鋭い嗅覚を持つグレートウルフは、ラーハルト達がまだ知覚できていない何かを捉《とら》えたらしい。

「……？」

暗闇の先に目を凝らし、耳をすませる。

すると微かに、ラーハルト達の耳に獣の唸り声が届く。

「……ラーハルト君。ちなみに君は従魔術以外の魔法は？」

「一応、攻撃も防御も基本的なものなら学校で一通りは……」

「この空間を照らすことは可能かな？　僕は万が一に備えて従魔術に全力集中したいと思うのだけど」

「いけます」

「さすがだね。よし、じゃあ……〝感覚共有《かんかくきょうゆう》〟」

「！」

シルバーは軽く首を左右に揺らすと、流れるように従魔術を行使する。

僅かにシルバーとグレートウルフが彼の魔力に包まれたかと思えば、それぞれの瞳の虹彩の色がお互い混ざり不思議な輝きを放つ。

「続けて……〝攻撃力強化《こうげきりょくきょうか》・レベルマックス〟、〝防御力強化《ぼうぎょりょくきょうか》・レベルマックス〟！」

「……や、やば」

ぽんぽん、ぽんぽんとなんてこともないように高レベルの従魔術を次々と繰り出すシルバーに、ラーハルトは思わず口を半開きにしてその様子を凝視する。

普段から従魔術師として桁外れの知識と技術を持つツバキと過ごし、並大抵のことでは驚かなくなっていると思っていたラーハルト。しかし、冒険者として一級の従魔術師であるシルバーの従魔術のレベルの高さにはまた別の驚きがあった。

「……ふぅ。ラブちゃん、準備は万全かな？」

『ガウッ！』

「よし。ラーハルト君、僕の合図でこの空間全体を照らしてほしい」

「はい！」

「空間を照らした後は、念のために自分の周囲に防御魔法で防御膜《ぼうぎょまく》を張って。この暗闇の先にいるモノが盗まれた従魔であれなんであれ、襲いかかってくるかもしれないという意識を持っていよう」

「う、はい」

「檻の中か、もしくは鎖で繋がれている状態でいてくれると助かるけど……今だ！　ラーハルト君!!」

「！　ラ、〝ライト〟！」

シルバーの合図で、ラーハルトが空間いっぱいを魔法で明るく照らす。

突然の明るさにラーハルトが目を細めている間に、あらかじめ防御力強化で眼球も守っていたシルバーとグレートウルフは、間髪をいれずに前へと躍り出る。

慌てて自分の周囲に防御膜を張ったラーハルトが、やっと目をしっかりと開けて前方の様子を確認する頃には、シルバー達は鎖から解き放たれた大勢のウルフ種に囲まれていた。

『グルゥゥ……アアアアッ!!』

ラーハルトにより隅々まで明るく照らされた洞窟内。ざっと見ただけでも三十匹以上はいるだろう、明らかに異常な様子で牙を剥くウルフ種達が、いつの間にかぐるりとラーハルト達を囲んで唸り声を上げていた。

「……う、うわ――っ!?」

『ガアアアッ!!』

前方の光景にラーハルトが間抜けな叫び声を上げた瞬間、真横から衝撃が走る。

衝撃自体はシルバーの指示によりあらかじめ張っていた防御膜によって弾かれた。しかし、ラーハルトが真横を向けば、恐ろしい形相で牙を剥き出しにして涎を垂らすウルフ種が、尚も防御膜にガリガリと爪を立てている。

「ひえ――っ⁉」

ラーハルトは続け様に間抜けな悲鳴を上げ、その場で飛び上がった。

「ラーハルト君は自身の防御に徹して‼」

「は、はいっ！」

状況としては、彼らが予想していた中で最悪の状況となっていた。

周囲を囲んでいるウルフ種達は、みな一様に口輪をしていることから、盗まれた従魔達で間違いないだろう。が、明らかに虚《うつろ》な瞳で、けれど明確な意図を持ってラーハルト達に襲い掛かってきている。

何かに――口輪《シルビア》に操られているのは間違いなかった。

「口輪によって操られているようだが、不幸中の幸いか、その口輪によって彼らの最大の武器である牙は封じられている！」

「って言っても……うわあっ⁉」

『ガルルル……ガアッ‼』

「っ大丈夫かい⁉　撤退して狭い通路で襲われる方がまずい！　ここで彼らをなんとか無力化させる‼　それまでもう少し、防御だけに集中して‼」

ラーハルトは歯を食いしばり、防御魔法へと全神経を集中させる。

前方にいるシルバーと彼の従魔は、操られているウルフ種達に決して後れを取ってはいない。けれど、シルバーにはラーハルトを気遣いつつ撤退する余裕があるようには見えない。

ラーハルトの胸中は焦りで一杯になる。

どうする、どうしよう、どうなってしまうのか。

焦りは思考の幅を狭くする。

（どどどどうしよう……！　こ、こんな時でもツバキ師匠だったら絶対にどうにかできるのに……!!）

ラーハルトは思わずぎゅっと目をつむり、歯痒さに唇を噛み締める。

すると、想像の中のツバキがラーハルトを見つめてニッと笑ってみせた、気がした。

「……ん？」

ぱちり、と目を開く。

そうだ、こんな時きっと――

ツバキ師匠ならきっと、こう言う。

〝はい、まずは魔物《相手》をよく見る〟

「……まずは、従魔をよく見る。そうだ、そうだ！　うん、今ここにいるのは、グレートウルフ、スノウウルフ、それに……人狼《じんろう》モドキか？」

〝そしたらウルフ種の特性は？　注意すべきことは？〟

「ウルフ種の特性は鋭い嗅覚と、団体行動を主とした狩りを行う高い知能……注意することは、えっと、あ～……っ!!」

自分の鼓動のドクドクという音がいやに大きく、まるで耳のすぐそばで心臓が動いているのではと思うほど響く。

ラーハルトは落ち着け、思い出せる、従魔に関する知識は学校で習ったし、今も日々師匠から学んでいる、と心の中で唱え自分を鼓舞する。

「っそうだ！　注意することは、極度の興奮状態にさせないこと!!　飼い慣らした従魔でも凶暴性が一気に増して危険!!」

やった思い出した！　とラーハルトは拳を突き上げて大声を上げる。

が、そんな興奮しきったラーハルトを見つめるのは、さらに興奮にギラついた目玉達。

「あーっ、と……」

力強く突き上げた拳を、ゆるゆると下ろすが、時すでに遅く。

「……ラーハルト君。ウルフ種達を興奮させる原因は知ってるかな？」

「え～とぉ……大声と激しい動き……ですよね？」

少し離れた所にいるシルバーが、口端を引き攣らせながらこくりと頷いた。

『ガアアアアアアア!!』

「うわあああああ!?」

それまでシルバー達に集中していたウルフ種達の攻撃がラーハルトへと移った。

重なる攻撃にラーハルトの防御膜が軋《きし》み、僅かに亀裂が入る。

シルバーがカバーに向かおうと踵を返すが、シルバーに向かうウルフ種達が一匹もいなくなったというわけでもなく。

みるみるうちに、ラーハルトの防御膜に無数の亀裂《きれつ》が走り出し、今にも砕け散りそうになった。

そして――

「――ラーハルト君!!」

シルバーの目の前で、ラーハルトを覆っていた透明な防御膜が粉々に砕け散り、そしてひらひらと、まるで雪の結晶のようにそれが舞った。

砕けた、と思った瞬間にはウルフ種達が一斉に襲いかかり、ラーハルトの姿を隠す。

ガチャガチャと口輪が奏でる不快な音と、ウルフ種達の唸り声だけが洞窟内の空間に響く。

「な、なんてことに……っ」

シルバーの膝からかくりと力が抜ける。

見開いた目を、ぐっと閉じ――いや、閉じかけた。その時。

「……っさささささ寒ぅぅぅぅぅううう!!」

シルバーの想像の中で、恐らくぐちゃぐちゃにされたであろうラーハルトの、元気な叫び声が聞こえてきた。

「っ⁉」

シルバーは力の抜けかけた膝に再び力を込め、急いで視線を正面へと戻す。

そこには防御膜の破片の跡……ではなく、本当に白い雪がひらひらと舞う中で、ガチガチと歯を鳴らしながらもスノウウルフを抱えたラーハルトがしっかりと立っていた。

「ざざざぶい……っ」

『ガウッ、ガウッ♪』

「えっ⁉」

数匹のスノウウルフが、先ほどまでの凶暴性はまるで嘘であるかのように、楽しそうに雪にはしゃぎ、ラーハルトの周りで跳ね回っている。

その光景だけを見るといかにも可愛らしいモフモフの図だが、肌を刺すような酷い冷気に、ラーハルトは唇を真紫にしている。

その名の通り寒さに強いスノウウルフ達は楽しそうにしているが、他のウルフ種達は突然の冷気に目を白黒させて、尻尾をくるりと股の下に隠して震えている。

「ええええと……スススススノウウルフ達は、こここれでいいとして……つつつ次は……じじじ人狼モドキ……」

ラーハルトは寒さに歯をガチガチと鳴らしながら、魔法でちょうど木の枝ほどの氷の棒を作り出す。

そしてそれを、人狼モドキ達の前でおもむろに振り注意を集める。

「ちべたっ！　ほ、ほーら、ほーら。これなんだろうなー」

『ガウッ？』

「ほーら、きらきらー」

『……ガウッ！』

氷でできた棒は光を反射し、ラーハルトが振る度にきらきらと光る。

人狼モドキ達のいくつもの瞳がギラつき、左へ右へ氷の棒を追ってさまよう。

そわそわと人狼モドキ達のお尻が浮き出したところで、ここだ！　とばかりにラーハルトが氷の棒を力の限り遠くへ思いっきり投げ飛ばした。

「つせぇぇぇぇい‼　取ってこいいいい‼」

『ガゥアーッ‼』

『バウッ！　バウッ！』

寒さに縮こまっていた姿はどこへやら。人狼モドキ達は氷の棒を追って一目散に駆けていった。

「ふうっ！　よし……よし！」

「わー！　すごーい！　……じゃなくって‼」

「うわっ！　なんすか⁉」

「いや、なんすかでもなくって、え⁉　なに⁉　こっちがなんすか、だよ⁉」

驚きから固まっていたシルバーが我に帰り、すかさずラーハルトのもとまで駆け寄る。

一瞬の内に起こった事態の急変に、思わず大声でツッコミを入れる。

「ちょっと！　何したのラーハルト君⁉　え⁉　スノウウルフと人狼モドキ達はどうしたの⁉　何⁉　手間取ってた僕って何⁉」

「えっ、えっ」

それまで冷静で格好良い、と思っていたシルバーの慌てぶりを見て、ラーハルトは気持ち後ずさる。そんなシルバーを見かねたのか、彼の従魔であるグレートウルフがくぅん、と控え目に鳴いて手の甲を舐めた。

それにシルバーはハッとして口を閉じ、そして今度はゆっくりと静かな声量で、改めてラーハルトに問いかける。

「ラーハルト君。今、君はスノウウルフに何をしたのかな？　僕はてっきり君が襲われてもう駄目かと……」

「あー……それは、ちょっと魔法で周囲に雪を降らせて温度も下げたんです」

「どうしてかな⁉」

「えっ！　と……」

再び取り乱し気味になったシルバーに、ラーハルトは一歩後ずさりつつ、説明をする。

「ツバキ師匠の教えなんです。スノウウルフは雪の多い場所に生息しているからスノウウルフ、だなんて名前だと思われがちなんですけど、実は超絶雪が好きだから雪狼《スノウウルフ》なんです。彼らはどんなに緊迫した状況でも、例えば狩りや戦闘状態であろうと、雪に対する興奮の方が勝《まさ》るんです。だから魔法で雪を作り出して意識を逸らそうと……あの？　シルバーさん？」

「……」

ツバキから聞いたスノウウルフの習性について話していたラーハルトだったが、聞き手であるシルバーの様子がおかしいことに気づいて顔の前で手を振ってみる。

と、眼光鋭くシルバーがガシリ！　とラーハルトの手を掴み、愕然《がくぜん》とした表情で叫ぶ。

「信じられない！　なんだいその習性は⁉　検証は⁉　いつ頃からツバキさんはそれに気づいたの⁉　従魔術協会に論文出してる⁉」

「えええ⁉　ちょちょちょ、待ってください！　落ち着いて！」

「これが落ち着いていられるかーっ‼　っていうか、そもそもスノウウルフの生態についてはまだまだ未知な部分が多いの知ってる⁉　何故なら、彼らの生息地は寒過ぎて従魔としている個体はまだしも、野生のスノウウルフの生態なんて全然調べられてないから！　あれ⁉　君らの預かり処にはスノウウルフいないよね⁉」

「い、いないですけど！　俺もツバキ師匠から聞いてるだけでっ」

「本当にツバキさんって何者⁉」

ぜぇぜぇと肩で息をするシルバーはもしや……と、遠くへ氷の棒を追いかけていった人狼モドキの遠い背中を見る。

「人狼モドキについての新しい説も持ってる……!?」

「あ、新しい説ですか？」

「なんで氷の棒を投げ飛ばしたんだい!?」

「えっ、えっとそれは、人狼モドキはその名の通り二足歩行の知能レベルの高い魔物だと思われてますけど……」

「けど!?　それが通説だけど!?　だって人狼って名前についてるし!?」

「いや、あくまでモドキなんですよ！　見た目から知能が高そうに見えますけど、彼らはウルフ種と分類されている魔物の中でもとても犬《ペット》寄りの種なんです。戦闘やら何やらより、好きなのは楽しく遊ぶことです」

「……そんな話聞いたことないけど？」

「えーと……これもツバキ師匠から……」

「ちなみに預かり処には？」

「い、いません」

「人狼モドキって危険な害獣指定されているよね？」

「そりゃ、普通の犬でも人に馴れていないものは危険ですから……」

「……」

シルバーはがくりと膝をついて項垂れる。

「……ラーハルト君は従魔も連れずにあっという間に解決したのに、手間取っていた僕って……」

『ク、クゥン』

「や、解決っていうか、対処法をたまたま知ってただけみたいな!? 凄いのはやっぱりツバキ師匠ですよ！」

「……今度ツバキさんを質問攻めにしてもいいかな？」

「あー……はい。真面目に従魔について考えている人だったら、ツバキ師匠はきちんと対応してくれますよ！」

「うん……」

今度預かり処に行くからね、泊まりで行くからね、とラーハルトに約束を取り付けたシルバーが、やっと立ち上がり膝についた埃を払う。

ラーハルトとシルバーの従魔が安堵のため息をついた時、グルル……と低い唸り声が小さく聞こえてきた。

「！」

二人はハッとして視線を上げる。

そこには、美しい灰色の毛を逆立てる大きな影。

「……さて、じゃあスノウウルフと人狼モドキに続いて、お互いに傷つかないでグレートウルフを無力化する方法を伝授してもらえるかな？」

預かり処から盗まれた一匹。

グレートウルフが、鋭い爪で襲い掛かってきた。

ラーハルトとシルバーは、飛び掛かってきたグレートウルフを地面を転がり避けると、急いで上体を起こす。

「ラーハルト君！　大丈夫かい⁉」

「は、はいっ」

シルバーの従魔が腰を落とし低く唸り声を上げて相手を威嚇しているが、かつての仲間のおかしな雰囲気にどこか尻込みをしている。

そんな従魔の様子を見てとったシルバーは、素早く体勢を立て直す。

そして尻餅をついているラーハルトのもとへ駆け寄り助け起こし、グレートウルフへと視線は外さないままにラーハルトに問いかける。

「ラーハルト君。グレートウルフに対しても何か有効な対処法は知っているかい？」

「えっと……グレートウルフには、スノウウルフ達のような対処法はなくてっ」

「ってことは従来通り、無力化させたいなら力で押し勝つしかないか」

言うが早いか、シルバーは再び従魔術を使う。

「強化、強化、強化ぁ‼　攻撃力、防御力、速度をマックス強化だ‼」

『グルルッ……ガアアアア‼』

従魔術によって各種能力を強化されたシルバーの従魔が、シルバーの意思を理解しその思いに応えるかのように力強く咆哮《ほうこう》を上げる。

「ちょ、ちょっとシルバーさん⁉　相手はうちのグレートウルフ一匹ですよ⁉　従魔にそんな強化を与えてどうするつもりですか⁉」

「一匹だからだ！　今ならあのグレートウルフだけに集中できる！　少々手荒にはなるが、一瞬でグレートウルフの意識を落とす！」

「でも、そんなことしたらうちのグレートウルフが怪我を！」

腕を掴むラーハルトの手を振り払い、シルバーはしっかりとした口調で告げる。

「ラーハルト君。君の気持ちは分かる。けれど、いち冒険者として、調査団の一員として、今僕が優先すべきは盗まれた従魔の身の安全ではなく、窃盗団の捕獲と一般人である君の身の安全だ」

「！」

責任のある冒険者として、シルバーの譲れない一線。

武力行使によるグレートウルフへの無力化を試みるシルバーの決意を感じとって、ラーハルトは唇を噛んで押し黙る。

ごくり、とラーハルトは唾を飲み込んだ。

「……一般人、というのなら俺は除外してもらってかまいません。従魔がいなくとも、俺は冒険者登録をしている従魔術師です。自分の身の安全の責任は、自分で取れます！」

「ラーハルト君、でも」

「俺に一度だけチャンスをください！　一回でいいんです！　俺が失敗したら、そしたら、もう何も言いませんから！」

「……」

重々しくため息を一つ吐くと、シルバーは逡巡《しゅんじゅん》してから口を開いた。

「責任は自分で取れると言ってもね」

「シルバーさん！　お願いします！」

「……一度だけだよ。それに、危ないと思ったらその一度の途中でも割って入るよ。目の前で大怪我をするのを黙って見ているわけにはいかない」

「！　はいっ、ありがとうございます！」

お礼を言うが早いか、ラーハルトは駆け出す。そして、シルバーと交渉している間も、ずっとグレートウルフを威嚇し続けていたシルバーの従魔の隣まで躍り出た。

「ラーハルト君！　それで、何か策はあるのかい!?」

「さっきみたいな対処法はないですけど、でも一つ試してみたいことはあります！」

「試してみたいこと？」

視線だけで振り返ると、ラーハルトはこんな状況でもニッと笑ってみせる。

まるで、ツバキだったらそうするとでも、自分に言い聞かせるように。

「俺らは従魔術師ですよ？　魔物に遭遇したなら、やることは一つでしょう」

「？」

「従魔術の基本は、魔物とのコミュニケーションを取ること。従魔契約とは、魔物との対話である！」

ラーハルトは額の汗をぬぐうと、変わらず口輪の中で牙を剥き出し唸るグレートウルフへと向き直る。

未だ寒さに震えてはいるが、グレートウルフの瞳には剣呑《けんのん》な仄暗い炎が揺れている。

「従魔術の基本は、従魔《相手》と心を通わせること」

ラーハルトはツバキの教えを口に出しながら、唸るグレートウルフと少し距離を置いて膝をつく。

「魔力波を放ち、相手の魔力と同調する」

深呼吸をして、ラーハルトは自身の魔力波を放つ。

自分を中心に、ゆっくりと波のように。けれど相手を飲み込むことなく、優しく触れるように。

「重要なのは、魔力波に敵意を乗せないこと」

ラーハルトの放つ魔力波がグレートウルフに触れる。

一瞬身じろぎはしたものの、グレートウルフは特に抵抗もなくその場にじっとしたままラーハルトを見つめ続ける。

「……なんだ？　なんか……グレートウルフの魔力以外に何か混じってる……？」

ラーハルトのこめかみに、つ、と汗が垂れる。

意識をより深く集中し、気持ちの悪いその感覚を辿る。

まるでぐちゃぐちゃに絡み合った毛糸を、一本一本解くように。

丁寧に、けれどできる限り素早くその原因を探る。

「……この変なのがツバキ師匠の従魔契約に影響して、めちゃめちゃにしてるんだな！」

「その原因を除去できるかい⁉」

「やってみます……！　ツバキ師匠の魔力はいつも感じてますから、なんとかなりそう……っ！」

一分、数分、数十分。

体感にしてみれば、もっと気の遠くなるような時間をかけて丁寧に、グレートウルフを取り巻く絡まり合った魔力を正しく解いていく。

ラーハルトの額から顎までを汗が伝い、ポタポタと滴り落ちて地面の色を濃くする。

いよいよ呼吸も荒く、視界がチカチカと白く点滅し出した頃、その時は唐突に訪れた。

――カチッ。

……ガチャッ！　ゴトンッ‼

「……っは、……はぁ」

「……取れた」

グレートウルフにきつく食い込むようにはめられていた恐ろしい口輪が、静かに冷たい地面に転がっている。

グレートウルフも、しばらく呆然と佇んでいた後、跳ねるように顔を上げてその場で嬉しそうに一声鳴いた。

その声に呼応するようにシルバーの従魔も鳴き声を上げて、グレートウルフのもとまで駆け寄ると嬉しそうに共にはしゃぎ出す。

「……」

「取れた」

「……」

「取れた……取れたよ！　ラーハルト君！　やったよ!!」

「……え？」

「凄い、凄いよラーハルト君!!　君のその魔力の同調の深さと正確さは並外れている!!　正直、僕じゃ同じことをしてもあの口輪を上手く外せたとは思えない!!」

「あ、え……？」

はしゃぐ二匹を目にして、ラーハルトは脱力したようにその場に尻餅をつく。

横にいるシルバーが何やら興奮してラーハルトの能力の高さを褒め称えているが、その言葉のどれも上手くラーハルトの頭には入ってこない。

分かるのはただ、もうグレートウルフは大丈夫らしい、ということ。

「……はは」

「本当に凄いよラーハルト君！　君は一体どこで従魔術を習ったんだい⁉　その同調能力の高さについて今まで先生や冒険者から何か指摘されたことは⁉」

「や、ないですね……なにせ俺、今まで従魔契約成功してませんし……」

「は⁉　信じられない……！　いやいや、それはきっと何かわけがあるに違いない！　君ほど正確に魔力同調を行える従魔術師なんて見たことがないよ‼」

「そ、そんな、照れますって！　いや〜……そっすか？」

あははと二人揃って笑い声を上げる。

和《なご》やかな空気が流れる中、ここから出たら一度首都の従魔術協会総本部に来ないかい？　とシルバーから誘いを受け、ラーハルトは照れ笑いを返し額の汗をぬぐう。

「えっへへへへ……はぁ。それにしても汗が……」

「はは。仕方ないよ、これだけ洞窟内が暑ければね」

「いや、本当。暑くって……あれ？」

そこで初めて、額から流れる汗が緊張や疲労から来るものではなく、単純に暑さから来るものだと気づいたラーハルトは、はた、と動きを止める。

暑い。

洞窟内が暑いのは仕方がない。けれど、先ほどまではこんなに暑くなかったような。むしろ寒いほどで……

と、そこまで考えたところで、恐らく同じような表情をしたシルバーと目が合う。

「……ラーハルト君。ちなみに今って魔力の残りは」

「……使い果たしましたね」

「雪を生み出していた魔法は」

「とっくに切れてますね」

ごくり、と二人の喉が鳴る。

「「と、いうことは～」」

手に手を取って興奮していた二人と二匹の周囲は、いつの間にか再び唸り声で満ち満ちていた。

『グルル!!』

『ガアアアウッ!!　ガウッ!!』

「「!?」」

突き刺すような冷気と雪が消え去り、上機嫌から急下降。むしろ不機嫌マックスなスノウウルフ達。

さらに投げ飛ばした氷の棒が消えて戻ってきた人狼モドキ達が、ズラリとラーハルト達を取り囲んでいた。

「ひえええええ!!」

「ラ、ラーハルト君、何か策は!?」

「魔力もう空ですって！　シルバーさんこそ何か！　従魔術は!?」

「もう既にラブちゃんに対して強化を重ねがけしてるから……っ、正直僕の魔力もほぼ空……」

「ええ!?　普段の冒険時はどうしてるんですか!?　こんなピンチ、シルバーさんクラスの冒険者なら普通でしょ!?」

「洞窟で高ランクの魔物に囲まれるって中々だけどね!?　っていうか、普段だったらパーティ組んで依頼を受けているから、こんなピンチはそうそうない!!」

「嘘でしょ!?　えっ!?　じゃじゃじゃじゃじゃあ、一体どうすればいいんですか!?」

「ラーハルト君こそ何か良い案ない!?」

「俺に聞くんですか!?　従魔もいない上に魔力空だっつってんでしょ!?」

「君こそあのツバキさんのお弟子さんでしょ!?　常識外を求めるのは仕方ないことだろう!?」

「常識外なのはあくまでツバキ師匠だけなのであって、俺は常識の内側にいます……っ!!」

と、空気を裂くような咆哮が、激しく言い合う二人の動きを止める。

びくりと肩を跳ねさせ、言い合う内に周囲から逸らしお互いだけに向けていた視線をそろそろと戻す。

二人の視界一杯に、ドアップで迫り来るウルフ種達の顔、顔、顔。

『グルル……アアアアア!!』

「「っぎゃあああああああ!!」」

二人と二匹は一つの塊になってきつく抱き合う。

反射でぎゅっと固く瞼を閉じ、来たる衝撃に身構え――

「目を、閉じるなあああああ!!」

数年振りに聞いたかのような錯覚を覚えるほど、聞きたくて堪らなかったその声を聞き、無意識にラーハルトは全身から力を抜いて深く息を吐いた。

まるで一陣の風が吹いたように、ラーハルト達の背後から小さな影が真っ直ぐに前へ駆け抜けていく。

そしてその影はラーハルト達が驚きに何かを言う間もなく、襲い掛かってきていたウルフ種達に一切の躊躇いもなく正面から突っ込んでいく。

「……え!?　ちょちょちょ、ツバキ師匠あぶな」

危ないところで駆けつけてくれた小さな影、もといツバキの姿にラーハルトは安堵の息をこぼす。

けれどそのツバキが特に何の武器も防具も持たずに素手で、それも文字通り単身で突っ込んでいったことに気づいたラーハルトは、ハッとして彼女の背を追いかけようとした。

しかしその行動は、再び背後からするりと駆け抜けていった風によって止められる。

『ツバキのお守《も》りは任せろ！　お前はそこで口輪が外れた従魔《やつら》がパニクってどっか行かないように

見てろ!!』

「サザンカ!?」

ラーハルトを追い抜いていく寸前、名前を呼ばれたサザンカはスピードを落としてニッと笑ってみせる。

『俺より足速いって、ツバキ《あいつ》いよいよ人間辞めてると思わねえか?』

同意しかないが正直に返事をするのもどうなのだという言葉を残して、ツバキの隣へと駆けていくサザンカ。その背を見て、ラーハルトは今度こそ本当に安堵の息を吐く。

まだ口輪をされているウルフ種達は相変わらず暴れているし、窃盗団がどうなっているのかも分からない。

全てが無事に終わった、とは言えない状況だが、それでもラーハルトはツバキとサザンカ、いつもの彼らを見て「もう大丈夫だ」と心の底から思えた。

◆

『おい! 俺をおいて一人で突っ込んで行くなっつーの!』

「え?」

今にもツバキに襲い掛かろうとしていた人狼モドキを、走ってきた速度そのままの勢いで薙ぎ倒したサザンカは、呆れ混じりに小言をこぼす。

当のツバキはサザンカの小言を意に介することもなく、それどころかすぐそばまで迫っていた人狼モドキに焦ることもなく「はいはい」と流すと、片手で迫り来るスノウウルフの口輪を鷲掴みにする。

「私だってまじでヤバい時と大丈夫な時の判断はつきます～」

そしてサザンカへそう言葉を返しながら、そのままぐしゃりと冷たく硬い口輪の留め具をまるで粘土をこねるように握り潰して外すと、ぽいっとその辺へ放り投げる。

『……』

「でしょ？」

その光景を黙って見ていたサザンカは、何か言いたそうに一度口を開き、そして閉じる。

『……好きにやってくれ。俺は一応サポートに回る』

「ありがとう。好きにやっちゃう」

『訂正だ。好きにやってもいいが、ほどほどにしてくれ』

「善処はするね」

話しながらもさらにもう一、二個素手で口輪を破壊しているツバキの姿に、サザンカは振り上げていた前脚をそっと下ろす。

そして口輪を外され思考も動きもストップした従魔達を、軽く押しやってその場から避難させる。

これは心配も何もないな、と認識したサザンカは色々な思いを込めてため息を吐いた。

◆

一方、ラーハルトとシルバーは、離れた位置から無双状態とも呼べるツバキの姿を見て、ただただ口を大きく開けるしかなかった。

「……口輪って一般的に鉄とか、丈夫で硬くてしっかりした素材で作られてるよね？」

「そうですね……」

「そういう素材って、素手で簡単に破壊できるんだっけ？」

「できないですね……」

「だよね……」

お互いが見ている光景が、異常であるということを確認し合ったシルバーとラーハルトは、顔を見合わせて頷き合う。

と、そんな二人に軽やかな声がかかった。

「二人して見つめ合って何してるの？」

「うわっ!?」

「ひっ！　って、ツバキ師匠!!」

服についた汚れを手で軽くはたきながら、特に怪我も疲れも見えないツバキが不思議そうな顔をして驚くラーハルト達を見つめていた。

ツバキの後ろには、一匹残らず口輪を外されて状況が分からずぼうっとした様子のウルフ種達が、サザンカに率《ひき》いられてついてきている。

「何してるんですか!?」

「えっ。何って……何が？」

「後ろ後ろ！　後ろのウルフ種達は!?　ちょ、ちょっと目を離した隙に今どういう状況ですか!?」

「え、あの口輪が原因で無理やり暴れさせられてたから」

「そんなの知ってますよ!!　じゃなくって、一体どうやって外したんですか!?」

ツバキの並外れた、というよりむしろ理解の追いつかない能力を目の当たりにして、思考回路がストップしているシルバーに代わり、まだ状況につっこむ余力のあるラーハルトが唾《つば》を飛ばす勢いで捲《まく》し立てる。

「どうって……こう、ちょっと力込めてグッ！　って」

「ちょっと力込めて!?　え!?　そんなであの頑丈な口輪が壊れるんですか!?」

「あんたね。普通の人間にそんなことできるわけないでしょ」

「ああ……師匠は普通じゃないですもんね」

思わず口からこぼれたラーハルトの一言を、ツバキはしっかり聞き取り、すかさずラーハルトの頭を片手で掴む。

「試しにやってみてあげようか、今ここで」

「すみませんでした」

ラーハルトの頭から手を離す際におでこにデコピンを一つお見舞いして、ツバキはため息を吐く。

「あんたも私も従魔術師でしょ。そしたらやることは何」

「え？」

質問への答えもそこそこに、今度はツバキがラーハルトに質問をする。

「ところで、うちの可愛いグレートウルフは元から口輪が外れてたみたいだけど、あれはどうしたの？」

シルバーの従魔と並んで立っている、預かり処から盗まれたグレートウルフをじっと見るツバキ。自身との従魔契約も問題なく再び繋がっていることを確認した彼女は、グレートウルフを呼び寄せわしゃわしゃとその顔を撫でくり回す。

「あ、それは俺が従魔術で……」

「従魔術？」

「基本の魔力同調です。口輪が師匠との従魔術を阻害《そがい》してぐちゃぐちゃにしていることに気づいたので、その原因である口輪の魔力を魔力同調で根気良く解いて取り除いたら外れたんです」

ラーハルトの答えを聞いたツバキは、顎に手を当ててふぅんと頷いてみせる。

「なんだ。やってること自体は私とそう変わらないじゃない」

「え？　どこがですか⁉　し、師匠のやってたあれと俺のやったどれが⁉」

「自分の魔力を瞬間的に口輪に流して、従魔術の阻害やめちゃくちゃな指令を出してた口輪の魔力を吹き飛ばした。でしょ？」

「？？？」

「要は魔力同調の延長線上みたいなことなんだけど……うーん……例えるなら、あんたが一からきちんと紙に書いてした計算を、私は頭の中で暗算していきなり答えだけ言ったみたいな？」

「ああ、そういう！　……ん？　それって同じようなことをしたとは言わないんじゃ……？　着地点が同じなら……いやでも、過程に違いがありすぎる……っていうか俺は口輪が外れただけだけど、師匠は握り潰してたような……？」

　ラーハルトは頭を傾げ、納得がいかないようにぶつぶつ呟く。

　放っておけば、まだまだ考えこむだろうラーハルトに痺れを切らしたツバキは、背伸びをしてその頭をぐしゃぐしゃに撫でる。

「要するに言いたいことは！　ラーハルト、良くやった‼」

「！　っツバキししょ」

　ツバキに撫でられたラーハルトはぐしゃぐしゃ頭のままぽかんとして、そして段々と褒められた事実に顔を輝かせる。

「ちゃんと従魔術の大切な基本、覚えてたね」

「そりゃ、俺はツバキ師匠の弟子ですから！」

初めてツバキと出会った時、妖精兎を前に、体力を削ろうといきなり攻撃をしかけた時のラーハルトを思い出して二人は笑った。


ツバキ達は、口輪から解放された従魔達を連れて洞窟の外へと出てきた。

洞窟の入り口付近には、窃盗団の面々が縄でぐるぐる巻きにされて一箇所に集められている。

シルバー以外の調査団のメンバーは、それぞれ別のアジトへ突入したメンバーと連絡を取ったり、盗まれていた従魔達の健康状態を簡単に診《み》たりと忙しそうにしている。

ラーハルトが改めて一連の事件は無事に解決したのだ、とその光景を見つめていると、捕らえられた窃盗団の面々の一部が騒がしいことに気づいた。

「……ちょっと！　乱暴にしないでくださいます!?　信っじられませんわ!!　このお洋服お気に入りですのに……皺が！　こんなベルトでもなんでもない、ただの！　粗い縄で！　縛るだなんて！　お洋服に修復不可能な皺が寄って跡が残って布が傷みますわ!?　ちょっと!!　聞いてますの!?　ちょっと!!」

ぎゃあぎゃあ、ぎゃあぎゃあ、とずっと騒ぎ続けている女性の存在に気づくと、ラーハルトはツバキへ振り返る。

「あの、ツバキ師匠。なんかあそこ凄い騒いでますけど」

「え？」

ラーハルトに促され、騒ぎの中心へ向けたツバキの視線が、件の騒いでいる女性——窃盗団の女頭目シルビアの視線とバチリと合わさる。

「……」

「……」

「……っあ——!! お前!! さっきはよくもワタクシの美しい顔を……っ！ ちょっとこっち来なさい!!」

「いい？ ラーハルト。ああいうちょっとやばめな犯罪者には近寄らないこと。行っちゃ駄目だよ。無視無視」

「ちょっと!! 聞こえてますわよ!? ちょっと！ クソ女！ 暴力女!! ツバキィィイイイ!!」

「……師匠、名前呼ばれてますけど」

「ちっ」

舌打ちをしたツバキはきょろきょろと辺りを見渡すと、適当にしゃがみ込んで地面に手を伸ばす。そして立ち上がり、そのままシルビアのもとへと近づいていくと、おもむろに何かを掴んだままだった右の拳をシルビアの頭へ突き出し、ぱっと開く。

「？」

ぱらぱらと舞う砂がシルビアの頭上に落ちる。

「きゃあっ！　なっ、なんですの⁉　急に何するんですの⁉」

「いや、なんとなく。なんかあんたに砂ぶっかけたい気持ちが沸々《ふつふつ》と湧いてきて」

「は、はあっ⁉」

「んー……砂じゃ足りないな。おーい、ラーハルト！　預かり処《うち》に肥料用の従魔達の糞とかって今あるー？」

ツバキの一連の行動をぽかんと見ていたラーハルトは、突然かけられたツバキの声に思わず普通に返事をする。

「えっ、あっ……糞は帰ればいつでも。というか、今作りかけのも畑の奥の方にありますけど」

ラーハルトの返事に、ツバキは笑顔で頷くと誰に言うでもなしに言葉を紡ぐ。

「作りかけ……うんうん、いいね。いい響きだ。肥料はもったいないけど、犯罪者にはお似合いって相場が決まってるもんね。肥溜《こえだ》め」

「つま、まさか、え……っ⁉」

シルビアが口を戦慄《わなな》かせ、言葉にならない声を出す。

真っ青になったシルビアの表情を確認したツバキは、笑顔を消して改めてシルビアの正面に立つ。

「肥溜めに顔面突っ込まれるようなことをしたんだってこと、ちゃんと自覚しろ」

「こ、この悪魔……っ！　性格ひん曲がってますわ！　さっきだってこちらの交渉も聞かずに殴りかかってきて……！」

「は？　あんた交渉も何も、いきなり叫んで魔法発動させてたでしょうが。まあ？　それもうちの優秀な弟子が？　なんなく無効化したみたいだけど？」

「あっ、慌ててたくせにぃっ！」

「うるっさい」

ツバキの合図にサザンカがため息を吐きつつ勢いよく尻尾を振りかざす。

するとそれが、しなる鞭の如き速度と強さでシルビアの頬を思いきりはたいた。

「ぎゃんっ!!　いったいですわねっ！　なによ！　従魔なんて人間に使われる以外に意味のない害獣じゃなくって!?　そんなどうしようもないもので経済を回してやろうっていう善意の何が悪いんですの!?」

ついに開き直ったシルビアの暴言に、ツバキのこめかみがピクリと動く。

ツバキが思わず握り締めた拳を振り上げるよりも早く動く影があった。

「訂正してください!!」

「っ！」

唇を噛み締めたラーハルトが、シルビアの胸ぐらを掴んで睨みつける。

「っラーハルト君!!」

それまでツバキとシルビアの小競り合いをやれやれ、といった風に遠巻きに見ていた調査団のメンバーだったが、さすがに慌てて止めに入る。

シルバーはすっかり頭に血が昇っているらしきラーハルトの肩を掴み、シルビアと距離を取らせたが、ラーハルトはそれに抵抗して猛然と声を張り上げる。

「訂正してください!! 従魔《彼ら》は人間に使われる道具なんかじゃない!! なんでそんな酷いことが言えるんですか!?」

「ラーハルト君！ 落ち着いて！」

「な、なんですの、あなた」

「訂正しろ!!」

「……はっ。このワタクシに使ってもらうことすらできないおもちゃ、の間違いでした？」

「てめぇ……!!」

爪が手のひらに食い込むほど強く握り締められたラーハルトの拳に、柔らかい何かが触れる。

ハッとしてラーハルトが自身の手に視線を向けると、預かり処のグレートウルフがラーハルトに頭を擦り付けていた。

触れるグレートウルフの温度に、ラーハルトは何故か目の奥がぎゅっとなる。

うまく言葉にできない、でも大切な想いを目の前のシルビアに訴えたいのに、受け取ってもらえないもどかしさに余計に言葉が紡げない。

「あ～あっ！ ですわ！ 折角誰かさんのお陰でウルフ種が流行ってくれて良い商売の機会でした

のに！　口輪だって折角改良を重ねて作りましたのに、大損ですわ！　まだ売り始める前でしたのに……っ!!」

「流行り、だって？」

「ええ。あなた達がグレートウルフをつれて大活躍してくれたお陰でワンちゃんを欲しがるお金持ちがいっぱい増えましたの。ありがとう冒険者さん、ありがとうその冒険者さんにワンちゃんを譲ってくれた預かり処さん？」

「お前……っ！」

「……聞くに耐えないな。何か言い分があるなら、これから連行する先で訴えることだ。まぁ、決定的な証拠もたんまりとあることだから、何をどう訴えたところでお前達の有罪は変わらないだろう」

「…………あっそう」

シルバーが調査団の面々に頷いてみせると、縄で縛られた窃盗団のメンバーを立たせ連れていく。

結局、最後の最後まで余裕な表情を崩すことなく去っていったシルビア。

その背中を睨みつけるツバキとシルバーとは違い、ラーハルトはただ足元を見つめて唇を噛み締めることしかできなかった。

「ラーハルト君。すまない。まさか僕達の新聞記事が事件の発端になっていたなんて……確かに騒ぎにはなったけれど、違法な方法をとってまでグレートウルフを欲しがる連中がいたとは」

「そんな、悪いのはあいつらで、シルバーさんが謝ることなんかじゃないですよ！」

「いや、高ランクの冒険者として認識が甘かった。確かに近年、従魔術師と従魔をテーマにした小説が流行したりで、人々の関心が高いことは知っていたのに」

「まぁ、確かに。だから安易に従魔を手に入れて、飼いきれなくなってうちに預けていく人が多いわけだしね」

「……」

「……」

しゅん、と落ち込む男二人を見てため息を一つ吐くと、ツバキはその小さくなっている背中を両手で叩く。

「い……ったあ!?」

「うっ！」

「はい！　落ち込みタイム終了！　それで、次は!?」

「？」

眉を顰めてハテナを頭上に浮かべる二人に向かってツバキは笑って答えを言う。

「つまりきちんと従魔について知らないことが問題ってこと！　じゃあ何をすべきか？　そりゃ、正しい知識を教えて広めること！　はい、ここでもう一度問題！　何かを広めたい時に有効な手立ては!?」

「えっ⁉　えっ、えーと、影響力のある人に手伝ってもらう？」

「ラーハルト正解！　ちなみにその影響力のある人って誰か心当たりある⁉」

「……僕、ですかね」

「はいシルバーさんも正解！　わあ！　ここにいる人だけで問題解決の一歩を踏み出せそう！　じゃない⁉」

「……」

「……」

わざとらしく大きく身振り手振りをして、演技がかって話していたツバキは、ぽかんとしている二人に向けて言葉を続ける。

「私はそういう活動も、預かり処に必要な活動の一つだと思うな。人の勝手な都合で預けてくる従魔を仕方なく預かるだけじゃなくて、問題があるなら一つ一つ解決できるようにしていこうよ」

『じゃねえとうちはいつか破産するな。主に従魔《あいつら》の食費で』

「それ」

サザンカがぼそりと入れてきた相槌に、ラーハルトはやっと小さく笑った。

終章　新たな面倒事の予感

従魔の窃盗団を追って、アジトと化していたディガ山の洞窟に乗り込んでから、早いもので二週間が経った。少々慌ただしかった預かり処も、やっと以前のように多種多様な従魔達の鳴き声で賑やかで忙しい日々へと戻っていた。

が、その日常にも、預かり処を訪れるはずのない人物の来訪によって暗雲が垂れ込める。

「はあっ⁉　逃げたあ⁉」

挨拶もそこそこに、驚くべき報告をしにきたシルバーに向かって、ツバキは苛立ちを含んだ声を上げた。

「……面目《めんぼく》ない」

「どういうこと⁉　あの後、捕まえた窃盗団は全員首都に送ったんですよね⁉　首都の警察本部で裁くからって！」

「ああ。首都への移送中に隙をつかれて、その、あの女頭目だけ……」

「あれだけグルグルのギチギチに縛り上げてやったのに⁉　よりによってあのクソ女にだけ逃げられたの⁉　何やってんのよ‼」

「あのシルビアという女頭目が特殊な魔法付与がされた、その……下着を身につけていてですね」

「下着が何！」

「いや、さすがに下着までは調べていなくて……！　目くらましや気配遮断のような効果があったらしく、僕の従魔でも匂いを辿ることができず……」

死にそうな顔色をしているシルバーの報告を聞いて、ツバキは思わず額を押さえて深くため息を吐くと「全身の骨を折っておくべきだったか……」と、何やら不穏な呟きと共に舌打ちをする。

片や血の気の失せた男と、片や苛立ちに青筋を浮かべまくっている女。

そんな二人を見るなり、預かり処を訪れた人々はぎょっとした顔ですぐさま踵を返してさっと帰っていく。

その一連の流れを、預かり処の庭から眺めていたラーハルトは、隣にいるサザンカと目を見合わせてやれやれと肩をすくめる。

「……なんかまた問題が起きてるっぽいけど」

『……言うな。分かってる。分かってるけど、決定打はまだよしてくれ』

「俺だってもうこれ以上の問題は遠慮したいよ」

『だよな、すでに問題抱えてるもんな』

げっそりと疲れが見える一人と一匹の背後には、ひしめく従魔、従魔、また従魔。

ギャアギャア、グルグル、キィキィ、バウバウ、ピイピイ！

複数の従魔達が、形容し難い大合唱を奏《かな》でている。

「盗まれてたウルフ種達は無事に主人のもとに帰せたけど！　窃盗団《あいつら》、ウルフ種以外にもめちゃめちゃ違法に従魔所持してたじゃん!!」

聞いてないよ!!　と叫ぶラーハルトに、サザンカも同意のため息を吐きまくる。

ラーハルト達が突入したアジトには、預かり処から盗まれたグレートウルフ含め、数種類のウルフ種しかいなかった。が、他のアジトに突入した調査団のメンバーらによって多種多様な従魔達が保護された。

盗難届が出ていた従魔達はすんなりと元の主人達のもとへと返還されたが、問題なのはどこから盗まれたのか不明な従魔達だった。

中には法によって売買が禁止されている種類の従魔もおり、そこからまた新たな事件が浮き彫りとなったために、調査団のメンバーはそのまま別の事件の調査へとすぐさま駆り出されていた。

そうすると必然的に、帰るあてのない従魔達の一時保護は、今回の盗難事件にも関わった預かり処が請け負うことになったのだった。

「明らかに人手が足りないんだけど!!」

忙しさに目が回るラーハルトが叫ぶ。

『俺だって気づいたら世話する側に回ってるんだが』

「スタッフ二人って無理が……うっ！」

『ラーハルト⁉』

会話の途中でラーハルトが突然視界から消えたので、サザンカはぎょっとして咥えていた餌やり用のバケツを落とす。

慌ててきょろきょろと辺りに視線をやれば、離れた位置で倒れているラーハルト……と、ラーハルトの腹の上に鎮座する赤い物体。

『ふん！　いつになったら妾《わらわ》の羽根のケアをしにくるのじゃ‼』

「……ぅ、ぅえっ……は、腹にロケットランチャー頭突きは……やめ、やめて……」

『ちんたらしておるそなたが悪いのじゃ‼』

「いでででで！　つ、つつくのもやめてください‼」

燃えるような真っ赤な羽根をたっぷりと生やした美しい鳥型の魔物が、ラーハルトの腹の上に乗っかったまま、嘴でドドドド！　とラーハルトの額を小突く。

『ラーハルトー‼　しっかりしろ‼　おい！　赤いの‼　いい加減にどいてやれ‼』

『うるさいわい！　この毛玉‼　お前こそ後ろはいいのか？』

『は⁉　……って、あー‼　やめろ！　勝手に食うな！　これはお前らのじゃ……っやめろー‼』

赤い鳥に指摘されサザンカが振り返れば、そこには先ほどサザンカが落としたバケツから飛び散った餌にがっつく従魔達の姿。

『ふざっけんな……！　それぞれ用に作ってる餌なんだよ！　てめぇら！　散れっ‼』

牙を剥き出し、群がってきた従魔達を蹴散らすサザンカの激しい動きがまた餌を散らかし、ブラッシングをした後の従魔達の毛をぼさぼさの砂まみれへと変えていく。

「……」

『ほれ。そなたは早う妾の羽根のケアをするのじゃ。ほれっ、ほれっ！』

「……泣きそう。何？　この惨事。そして、誰？」

『わはははははーっ！　妾は妾なのじゃーっ！』

「いや、だから誰⁉　どっから来た⁉　盗まれてた従魔の中にいたっけお前⁉　迷子⁉　新しい仕事⁉」

一連の従魔盗難事件は一応の解決を見るも、主犯格の女頭目シルビアに逃げられる結果となってしまった。

散々事件に関わった預かり処だが、その先は警察の仕事。

いち冒険者として協力は惜しまないながらも、何もできないもどかしさに唇を噛む……間もなく、ツバキとラーハルトの預かり処は忙しさと騒々しさに忙殺されるのだった。

『捨てられ従魔とゆる暮らし』特別付録！

ラーハルトの従魔スケッチ

毛玉猫

飼育難易度：★

✓雌雄がある。
✓初心者でもテイムしやすい◎
✓成体でも片手におさまる大きさ。

生息地は広範囲！

妖精兎

注意！麻痺毒あり！

飼育難易度：★★

✓群れで生活する。
✓主に森のごく浅い地域に生息。
✓攻撃的な性格で、
鱗粉に麻痺毒がある。

爆弾鼠

飼育難易度：★

ガス抜き毎日行うこと！

✓温厚でマイペース。
✓通常森の奥深くに生息。
✓餌は極少量の魔力。

炎馬

飼育難易度：★★★★

- ✓たてがみと尾は燃えていて高温。
- ✓生息地は謎？
- ✓性格は臆病で、不用意に近づくと怖がって攻撃してくる。

火への絶対耐性か相当する効果の馬具がないと騎乗不可能！

ドライアド(デュポン)

飼育難易度：個体によって異なるので判定不可

- ✓豊かな土壌ときれいな水、太陽光が必要！
- ✓個体によって必要なケアが異なる。

ボクはもっと美しいとも！描き直しを要求する！

浪費家の両親によって、行商人へと売られた少年・レオ。彼は輸送される途中、盗賊団に襲撃されてしまう。だがその時、レオの中に眠っていた魔法の才が開花!　そして彼は、その力で盗賊たちの撃退に成功する。そこに騒ぎを聞きつけた守備隊が現れると、レオは保護されるのだった。その後、彼は街で隊員たちと一緒の生活を始めることに。回復魔法を使って人の役に立ち、人気者になっていく彼だったが、それまで街の治癒を牛耳っていた悪徳司祭に目をつけられ——

●定価：1430円（10%税込）　●ISBN：978-4-434-34068-0　●Illustration：駒木日々

異世界ゆるり紀行
～子育てしながら冒険者します～
1~16
水無月静琉
Minazuki Shizuru
シリーズ累計
123万部（電子含む）突破!!
2024年7月7日～
TVアニメ
放送開始!!
（テレ東・BSテレ東ほか）
1～16巻
好評発売中!
コミックス
1～9巻
好評発売中!
異世界ゆるり紀行 ～子育てしながら冒険者します～
水無月静琉
転生したら、双子を保護しました。
子連れ冒険者の異世界のんびりファンタジー!
子連れ冒険者の
のんびりファンタジー!
神様のミスで命を落とし、転生した茅野巧。様々なスキルを授かり異世界に送られると、そこは魔物が蠢く森の中だった。タクミはその森で双子と思しき幼い男女の子供を発見し、アレン、エレナと名づけて保護する。アレンとエレナの成長を見守りながらの、のんびり冒険者生活がスタートする!
異世界ゆるり紀行 ～子育てしながら冒険者します～
水無月静琉
みずなともみ
転生したら、幼い双子を保護しました。
シリーズ累計15万部!!
●16巻 定価：1430円（10%税込）
1~15巻 各定価：1320円（10%税込）
●Illustration：やまかわ
●9巻 定価：770円（10%税込）
1~8巻 各定価：748円（10%税込）
●漫画：みずなともみ

この作品に対する皆様のご意見・ご感想をお待ちしております。

おハガキ・お手紙は以下の宛先にお送りください。

【宛先】

〒150-6019 東京都渋谷区恵比寿4-20-3 恵比寿ガーデンプレイスタワー 19F
(株) アルファポリス　書籍感想係

メールフォームでのご意見・ご感想は右のＱＲコードから、
あるいは以下のワードで検索をかけてください。

アルファポリス　書籍の感想　検索

ご感想はこちらから

本書はWebサイト「アルファポリス」(https://www.alphapolis.co.jp/) に投稿されたものを、改題・改稿のうえ、書籍化したものです。

捨《す》てられ従《じゅう》魔《ま》とゆる暮《ぐ》らし

KUZUME(くずめ)

2024年 6月 30日初版発行

編集－藤長ゆきの・宮坂剛
編集長－太田鉄平
発行者－梶本雄介
発行所－株式会社アルファポリス
〒150-6019 東京都渋谷区恵比寿4-20-3 恵比寿ガーデンプレイスタワー19F
TEL 03-6277-1601（営業） 03-6277-1602（編集）
URL https://www.alphapolis.co.jp/
発売元－株式会社星雲社（共同出版社・流通責任出版社）
〒112-0005 東京都文京区水道1-3-30
TEL 03-3868-3275
装丁・本文イラスト－満水
装丁デザイン－AFTERGLOW
印刷－中央精版印刷株式会社

価格はカバーに表示されてあります。

落丁乱丁の場合はアルファポリスまでご連絡ください。

送料は小社負担でお取り替えします。


ISBN978-4-434-34061-1 C0093